U0508901

五好讲解员红色旅游故事汇

文化和旅游部资源开发司 编

人民出版社

编者的话

发展红色旅游是加强爱国主义和革命传统教育、培育和践行社会主义核心价值观、促进社会主义精神文明建设的重大举措。习近平同志在湖南调研时指出，革命传统资源是我们党的宝贵精神财富，每一个红色旅游景点都是一个常学常新的生动课堂，蕴含着丰富的政治智慧和道德滋养。《中华人民共和国国民经济和社会发展第十四个五年规划和2035年远景目标纲要》明确提出，推进红色旅游创新发展。

为深入贯彻落实习近平总书记的重要论述精神，推动红色旅游高质量发展，文化和旅游部于2018年起开展"红色旅游五好讲解员建设行动"试点工作，2019年全面推开，旨在通过培养更多"政治思想好、知识储备好、讲解服务好、示范带头好、社会影响好"的红色旅游五好讲解员，提升红色旅游讲解员的能力素质，从而更好地把红色资源利用好、把红色传统发扬好、把红色基因传承好。

"红色旅游五好讲解员建设行动"工作开展以来，红色旅游五好讲解员试点单位高度重视、主动担当、狠抓落实，在红色旅游领域培养了一批红色基因的坚定传承者、红色文化的模范传播者、红色风尚的有力引领者。为进一步扩大这项工作的影响力，文化和旅游部资源开发司精心挑选各试点单位推荐出的五好讲解员以及优秀讲解员代表，将他们讲述的动人红色故事，结集成《初心永恒——五好讲解员红色旅游故事汇》一书，供各地文化和旅游行政部门、红色旅游景区景点、全国红色旅游讲解员学习交流使用。

《初心永恒——五好讲解员红色旅游故事汇》一书有理想启航篇、百折不挠篇、作风优良篇、气壮山河篇四个部分，共54篇文章。每篇文章讲述一个红色故事，配上珍贵的历史图片，采用情景再现的形式，或讲述一场著名战役，或重温一段感人故事，或还原一个难忘场景，或回忆一封温情家书，寻访先辈足迹，重温红色经典。这些红色故事，力求以真实吸引人、以情节打动人、以细节感化人、以精神鼓舞人、以道理启迪人。希望可以通过这些努力，让红色故事直抵人心、把红色故事讲出新意，带动越来越多的五好讲解员成为红色旅游中的一道亮丽风景，为红色旅游持续健康发展注入更强劲的活力，进而为中华民族伟大复兴的中国梦作出更大积极贡献。

目　录

──────── *1* 理 想 启 航 篇 ────────

2 百折不挠篇

气壮山河篇

1 理想启航篇

简陋饭店里的一道希望曙光
以"石穿"的意志为人民谋幸福
三次典当结婚金戒指
为人民扛一辈子长工
第一个提出"中国共产党"名称的人
石库门弄堂里的重要会议
从"农村望郎媳"到"红军女司令"

……

初心
永恒

简陋饭店里的一道希望曙光

段志能　安源路矿工人运动纪念馆

▲

"就住这间饭店吧，工人们也是经常在这里食宿的！"1921年冬天，毛泽东和李立三等人来安源考察，决定住在安源镇老街上设施简陋的刘和盛饭店。

安源镇老街是当时安源比较繁华的街道，有好几家配套设施齐全的大饭店。毛泽东他们选择在价格便宜的刘和盛饭店落脚，一是秉持着勤俭节约的优良传统，二是因为不少工人都在这里食宿，在这里住下容易引发安源工人情感和思想的共鸣，建立起亲密的关系，可以听听工人们的心里话。按照这种思路，住下之后，他们决定到矿工劳动的第一线去调研。同行人中有人曾任长沙甲种工业学校的教员，有学生在安源当机械工人。利用这层师生关系，他们顺利地去到八方井、炼焦处、洗煤台各个作业面和工人们交流，了解工人们的实际工作现状和生活状况。刚开始工人们并不太热情，也不太愿意说，毛泽东便与大家约定："我们住在刘和盛饭店，要不大家晚上都来，既是师生交流，老乡们也交流一下嘛。"工人们一听是在熟悉的地方，都纷纷答应了。

在晚上的交谈中，工人们都诉说做工和生活的苦楚。路矿两局拖欠工资是常事儿，工头还要剥削一部分，大家的日子都很苦。大家谈起铁路工

■ 刘和盛饭店旧址

人王海南的事情。王海南好几个月未发工资，家里无米下锅，他的妻子带着孩子在菜市场捡烂菜叶吃。无奈之下王海南问机务处长何时发工资，是否能提前支取1元饷洋，但是机务处长态度冷漠，不断推诿，无论王海南怎么说，就是不肯发工资。受尽委屈的王海南悲愤交加，一气之下冲向疾驰的火车，顿时血肉横飞。他的妻子得知这个消息犹如晴天霹雳，顿时没有了生活的信心，也带着孩子卧轨自杀。说到这里工人们都义愤填膺，痛斥工头，表达自己的愤怒，老工人却摇摇头无奈地说："毛先生，没办法，我们都是下人，命苦啊。"

这时毛泽东站起来说："受苦不是命中注定的，是资本家在剥削和压迫，我们要团结起来，与资本家进行斗争！"

"团结？"听到这些，工人们能感觉到毛泽东话语中的愤慨，但是对这些新奇的话并不太能理解。毛泽东顺手拿起饭桌上的筷子给大家解释说：

大家看，就像这筷子，一根筷子一折就断，一把筷子就不容易折断；一个人的力量算不得什么，团结起来才有力量。工人们听后，纷纷点头赞同："对啊，我们要团结起来，我们要反抗。"毛泽东又提议要将路矿两局全体工人组成一个共同的团体。工人们说："毛先生，给我们这个组织取一个名字吧。"毛泽东对大家说："工友们，咱们是为了帮工人们谋福利的，不是那些江湖上作威作福的洪

■ 毛泽东与安源路矿工人

帮、青帮，而同乡会、兄弟会也不能代表煤矿铁路所有的工人，咱们就采用俱乐部这个外国名词作为工会名称，取名为'安源路矿工人俱乐部'。"

工人们一听纷纷拍手同意。在刘和盛饭店，大家的心都紧紧贴在了一起。毛泽东与群众共同吃住在一家店，采取和群众真心交流的方式为安源路矿工人送去了希望的曙光，点燃了工人运动的烽火。安源路矿工人俱乐部成立后，成功领导了安源路矿工人大罢工和一系列的工人运动，被誉为激励全国工人运动的一面旗帜！

1921 年 7 月，中共一大会议提出，党成立后的中心任务是组织工会和教育工人，领导工人运动，并于 8 月成立中国劳动组合书记部，依靠工人群众开展革命斗争。安源路矿工人运动就是当时毛泽东同志根据党的指示，在中国劳动组合书记部领导下开展的。也正是与一线工人接触的过程当中，让毛泽东同志体会到了开展工作要从群众中来、到群众中去的经验和真谛。1954 年，毛泽东同志曾与郑洞国谈到过这种方法上的转变，他

说："当年接受了马列主义教育之后，总认为自己是一个革命者，但是一到煤矿和工人们打交道还是一副学生腔、先生样，只在铁轨上踱步，转来转去，工人们不买账，自己也很难开展工作。到后来转变了思想立场之后，才想清楚要自觉地放下架子拜工人为师。我当时选择住在刘和盛饭店，就是想与工人们吃住在一起，工人同志们才愿意把心里话对我们说出来。"只有真正地把自己和群众摆在一起，才能够从心底与群众建立联系，才能使革命走向成功。

以"石穿"的意志为人民谋幸福

黄桑勇　彭德怀纪念馆

▲

　　说起彭德怀，您首先想到的是哪一个称谓呢？彭德怀？彭老总？彭大将军？他还有一个名字——"石穿"。那么这样一个极具画面感的名字又是从何而来呢？

　　那是 1916 年，不满 18 岁的彭德怀，为了活命，投身湘军。有一天忽遇骤雨，躲进一个山洞，在洞中他听到滴水声。抬头一看，水从岩缝里一

外面的雨来得猛，也收得快；洞里的水，一点一滴，天长日久，便能穿石。穷人要找活路，也应该是这样的吧！

■ "石穿"名字的由来

点一点地滴下来，把底下的石板滴出一个小洞。彭德怀若有所悟：外面的雨来得猛，也收得快；洞里的水，一点一滴，天长日久，便能穿石。穷人要找活路，也应该是这样的吧！加入湘军后，彭德怀为自己改号"石穿"，决心以滴水穿石的意志为穷人谋出路，这就是 18 岁的彭德怀最简单最朴素的初心。

大家都知道，彭德怀同志是我们党的优秀党员，但很少有人知道，他曾先后两次向党组织提出入党请求，而提出请求的时机都是中国革命最艰难的岁月。1916 年至 1926 年，彭德怀在湘军从二等兵升到了营长、团长。他看到，打了许多仗，到头来只是成就了一个又一个军阀，救国救民的真理而不得。在困惑和摸索中，彭德怀学习了《共产党宣言》《共产主义 ABC》等进步书刊，确立了共产主义信仰。湘军十年，既是他苦苦探索为穷人谋出路的十年，也是他不断向往光明、最终寻到进而服膺马列主义的十年。相较于高官厚禄，他更看重救国救民的初衷和梦想。他迫不及待地提出了加入中国共产党的请求，但当时为了维护国共合作大局与北伐统一战线，党决定暂不在他所在的部队发展党员。1927 年，蒋介石、汪精卫先后在上海、武汉发动反革命政变。中国革命陷入了低潮，部分革命者对中国革命的前途失去了信心，犹豫了、退缩了、变节了。在革命生死存亡的危急关头，身为国民革命军独立五师一团团长的彭德怀于 1928 年 4 月毅然决然地加入中国共产党。数十年后，他依然清晰地记得当年的入党誓词：愿为中国革命和世界革命、为共产主义事业奋斗终身，牺牲一切，必要时献出自己的生命。

为缔造新中国，彭老总枪林弹雨几十年，历经大小战役不下百次，让人印象最深的当属抗美援朝战争。1950 年，美帝国主义入侵朝鲜，无视我国警告，将战火燃烧到中朝边界，严重威胁我国安全。当时新生的红色中国才刚满周岁，大战方息、匪患未清、民生凋敝、百废待兴，面对武器装备、后勤保障等均极大优于我军的"联合国军"，中国该不该出手？敢

■ 彭德怀指挥战斗

不敢出手？有没有能力出手？以什么方式出手？出手能不能胜利？失败的后果是什么？危急关头，彭老总二话不说，毅然承担了保卫新中国的千斤重担。彭老总也确实没有辜负党和人民的重托，没有辜负毛泽东的信任，在武器装备极为悬殊的不利情况下，以"石穿"的坚定信仰率领着中国人民志愿军与朝鲜人民一道打败了以美国为首的"联合国军"。

研究彭老总波澜壮阔的一生，人们会惊奇地发现，在人生的每一个十字路口，是共产党人的初心指引着他一次又一次地作出对民族生存、国家安宁、人民幸福产生巨大影响的正确抉择。

在彭德怀纪念馆里存有一封特殊的信。这封信写于 1967 年 4 月 20 日，是当时 69 岁的彭老总写给周总理的，信中只字未提自己的境况，只谈到石棉厂"矿渣很多，堆积大渡河南岸，未曾利用，已流失不少。此种矿渣中含大量钙、镁，尤其是磷，还有其他矿物质。加工后即成钙镁磷肥，用于农作物底肥是很好的。……""小事情本不应该打扰您，但我不知应该告何人，希原谅！"而信的末尾依旧署名"石穿"。

虽然我们已经无从知晓彭德怀在信中署名"石穿"的原因和心情，但透过信中的文字，我们看到的是他那份无私奉献、为人民谋幸福的初心。

水滴石穿。力量虽小，却始终如一，终穿大石。彭老总虽一生起起伏伏，却坚守"立志穿石"的信念，从未改变过。18岁山洞里意气风发的青年，他是"石穿"；峥嵘岁月里战功傲人的元帅，他是"石穿"；身陷囹圄却心系国家的垂暮老人，依旧是"石穿"。

不忘初心，方得始终。无论何时，彭老总总是把自己置于人民群众之下，他永远是"勇敢的农民的儿子"，他要一辈子"当群众的勤务员"，他愿意一辈子"做人民的上马石"。我们每一位党员干部都应该以彭老总的"石穿"精神为镜，以风清、气正、心齐的昂扬姿态，为早日实现中华民族伟大复兴的中国梦踔厉奋进，奋勇拼搏，负重前行！

三次典当结婚金戒指

陈琴　岳麓山风景名胜区

▲

　　杰出的无产阶级革命家、军事家，国家和军队的优秀领导人、人民海军的主要创建者、中华人民共和国开国大将肖劲光是个孝子。1924年春他从苏联回国立即回长沙家中探望，当得知母亲在两个月前已经辞世时，他呆若木鸡，接而失声痛哭。他为自己未报母亲养育之恩深感遗憾，以后只要说到母亲便喉头哽咽，忍不住流下热泪。中华人民共和国成立后推动殡葬改革，要求所有国家和军队领导人带头执行身后火化。对于这一制度，他坚决执行，但也满带愧疚地说："我最抱愧的，是未能长眠母亲身侧尽孝道之心。"

　　肖劲光对母亲的孝敬，既是为人子女对父母生养之恩的感激，更是因为他的母亲深明大义，曾三次典当结婚金戒指为其接受教育、最终走上革命道路筹措资金，他一生铭记母亲的伟大之爱。

　　肖劲光1903年1月4日出生于湖南长沙岳麓山下的赵洲港。在他出生前，他的母亲已经生育有三个男孩、两个女孩，他的祖父和父亲都是小手工业者，主要靠替人家纺纱织布来维持生计，因而一家生活困窘。孱弱的肖劲光出生后，他的祖父和父亲愁眉紧锁，担心不能养活，曾想把他过继给稍殷实的同村农家。但怀胎十月、对小儿极其疼爱的母亲肖傅氏不肯，坚持要自己喂养。产后不足一个星期，肖傅氏便下地开荒种菜，绣花

■ 肖劲光故居

卖柴，打草鞋编席垫，艰难地维系着家庭。但是，更大的灾难两年后降临了，因劳累过度，肖劲光的父亲和祖父相继去世，维系家庭的重担全压到了肖傅氏的肩上。这时，肖傅氏展现了其惊人的承受能力，她东挪西借，好不容易才安葬完丈夫和公公。为了偿还欠下的一屁股债务，她毅然卖掉了十多年来努力耕耘赚下的几亩薄田和祖宅，带着六个子女来到天马山下，另盖三间茅草房作为宅居，向寺庙租了一块社地维生。肖劲光的记忆中，家中唯一的祖产就是一架纺织机，几乎每天都没有隔夜粮，每天早晨母亲会送哥哥们上岳麓山去打柴，而到了傍晚母亲就坐在门边，一边把锅里的水烧开，一边望着通往朱张渡的小路，等着到橘子洲去卖柴的哥哥们换米回来。肖傅氏贤良能干，擅长精打细算，勤俭持家，除了插秧种田，她利用社地的边角种蔬菜，还在田埂栽种上近十棵橘子树，一家的零花开支就靠着每年卖蔬菜和橘子的钱得以维持。

随着儿女的长大，尤其肖劲光长兄和三哥当了厨师后，家里的经济状况有了一些好转，这时爆发的辛亥革命让肖傅氏意识到必须送孩子去读书。作为幺子的肖劲光幸运地得到兄姐的支持，先在一家私塾，后在一家"洋学堂"完成了小学学业，受到了进步思想的初始熏陶与影响，对社会现实的不平等有了切肤之痛，对谭嗣同、黄兴、蔡锷等革命先驱有了崇拜与敬仰。1917年，14岁的肖劲光以优异成绩考上了声名鹊起的长郡中学，这是一件让全家人都倍感欢欣鼓舞的大事。但是，长郡中学当时的学费却也是在长沙首屈一指的。全家人想尽办法拼凑，也未能凑齐费用。眼看上学日期将近，学费还差一大截，肖劲光热切渴盼上学的目光也变得无精打采了。可就在距开学仅有三天的这天傍晚，餐后，肖傅氏突然召集全家人宣布："家中无论如何得出一个读书人，满伢子能考上长郡说明他底子不薄，我们得全力支持。"说完，就像变戏法一般，她一把扯开棉被，从中掏出了一个包裹得严实的纸团。她小心翼翼地把裹纸铺开，众人忽然眼前一亮：一枚金戒指闪现在纸团中间。肖傅氏摩挲着这份见证着与丈夫情感的唯一遗物，动情地说："这是我出嫁时，娘家兄弟姐妹省吃俭用给我凑齐的陪嫁品，明天我去当铺当了，用作满伢子的学费。"肖傅氏的话，立时让六兄妹热泪盈眶，而肖傅氏反倒安慰儿女："不要哭，只要满伢子读书读得好，就值得。何况，金戒指抵押在当铺会有一段时间的赎期，我们有了钱，还可赎回来。"就为了这句话，肖劲光在校刻苦学习，国语、算术、英文三主课都很优秀，而且音乐、修身、历史、地理等副课也颇不错，尤其坚持不懈地进行体育锻炼，成了学校足球队的主力队员，为"八小球王"之一，而他的哥哥和姐姐则利用各种机会做生意、绣花赚钱，三个月后为母亲赎回了金戒指。可第二年又要交学费，母亲的结婚金戒指再次被典当，这次全家人通过努力劳动半年才将其赎回。

1920年夏天，肖劲光从长郡中学毕业了。这时，依靠家中资助继续升学已经不可能，他想谋个职业以自立却屡屡不得，也颇不甘心。这时，他的同学任弼时打听到长沙船山学校校长贺明范与毛泽东等人正组织成立俄罗斯研究会，准备送一批学生去俄国勤工俭学。这是一个既可谋得生计，又能维持学业的机会，肖劲光辗转反侧思考后，决定入会赴俄。他特意为此回家，向家人做说服工作。不愿儿子漂洋过海、远走他乡的肖傅氏首先极力反对，但在肖劲光的反复劝说下，这位深明大义的母亲踌躇再三，最终觉得为了儿子将来有出息，必须全力支持。她第三次典当了自己

■ 肖劲光故居中的床

■ 肖劲光铜像

的结婚金戒指，拿出女儿绣花所赚的所有积蓄，并把家中稍值点钱的东西当掉，共凑了30元钱给肖劲光当作路费。手攥全家财产的肖劲光激动得扑通一声跪倒在母亲面前，信誓旦旦地表示："儿必学有所成，以报母亲与兄姊。"肖傅氏则谆谆告诫儿子："在家靠父母，在外靠朋友，要爱护自己，更要团结他人，有能力，要一起为改变这世道尽份心力！"

肖劲光牢记着母亲的教诲，他与任弼时等六人乘船至上海外国语学社学习俄语，再在上海共产主义早期组织的安排与帮助下，历尽千辛万苦赴苏联莫斯科东方大学攻读三年，最终走上了为人民翻身做主人过上幸福生活而奋斗不止的革命道路。他曾心怀感恩地说，母亲为他人生筑了最好的路、铺了最坚实的砖。这话，实是其肺腑之言。

为人民扛一辈子长工

钟梅芳　井冈山革命博物馆

▲

在 90 多年前，为了探寻中国革命胜利的道路，有这样一群人奔赴到了井冈山的莽莽山林中。他们，永别温馨的家庭和亲爱的家人，去为祖国赢取光明的未来；他们坚守共产主义的誓言；他们，放弃陪伴孩子的机会，

■ 参加井冈山斗争的部分同志 1938 年在延安的合影

却使信仰的力量生生不息……就是这样一群怀抱初心的人，一群共产党人，在井冈山上点燃了革命的星星之火。回望历史，在他们当中有一张坚毅却又略带书生气的面孔，他是井冈山斗争时期举足轻重的一位人物——何长工。

何长工，原名何坤，1900年出生在湖南省华容县。18岁在北京长辛店半工半读时认识了在北大图书馆当管理员的毛泽东，从此开始了半个多世纪的交往。1919年参加五四运动，年底赴法勤工俭学；1922年加入中国共产党；1924年回国后积极开展农民运动。在那风雨如磐的战争年代，为了掩护身份，毛泽东根据他在长辛店做过工的经历，为他改名"长工"，希望他为人民扛一辈子长工。

何长工对革命始终抱着一腔热忱和执着，崇高的信仰是他百折不挠的力量。1927年大革命失败时，党组织本来要派他到苏联去学习，但他婉拒道："我不甘心革命的失败，要在国内和敌人斗争。"同年9月，何长工便毅然追随毛泽东参加了秋收起义，起义前还参与设计了我军历史上的第一面军旗。后来秋收起义失利，他转战井冈山。就在大家终于能稍做安顿时，他却接到了毛泽东交代的重任，要他下山去跟湖南省委和南昌起义部队取得联络。没有多做犹豫，他只身一人，走了五天山路前往湖南长沙，冒着生命危险寻找到党组织，重新建立起秋收起义部队与湖南省委的联系。紧接着，他又赶往广东打听南昌起义部队的下落。在信息匮乏、交通不

■ 何长工同志

■ 1977 年何长工在井冈山

便、白色恐怖极为严峻的情况下，何长工凭着一个革命者的毅力和勇敢，苦苦找了两个多月。1927 年底，在韶关犁铺头才接应上朱德、陈毅部队，从此为朱毛会师奠定了基础。

　　1928 年春天，从广东风尘仆仆刚刚回到井冈山的何长工，还没来得及抖去身上的尘土，便又接到了上山团结改造王佐的任务。那时何长工凭着一股子韧劲，硬是将一支本地的农民武装团结改造成了真正的工农红军队伍。红旗能够顺利插上井冈山，何长工立下功劳，成为井冈山根据地的创建者之一。1929 年 1 月，井冈山第三次被国民党军队"会剿"，危难之际他负责率队留守。在坚守井冈山的一次战斗中，何长工跟敌人激烈搏斗，不幸从十几丈高的悬崖摔下，左腿摔断，落下了终身残疾。

如果对人来说一条腿的伤残会是不小的痛苦，那么相比较之下一家老老小小的性命，更是莫大的牺牲。1930年6月，湖南华容县反动县长下令把何长工一家老小30多口人全部杀害。家人，我们都知道这个词在心中的分量，是愿意用生命为之守护的人。当何长工的30多个家人，30多个他也很想用生命守护的人都被杀害了，他自己内心是何等悲痛。到了晚年，回忆起早逝的妻儿时，每每想到那一幕都会老泪纵横，但仍教诲晚辈们："我们的党和人民为革命付出了巨大的代价，作出了巨大的牺牲，岂止我何长工一家！"

作为一位信仰坚定、服从担当、坦荡无私的革命者，无论是战争年代还是中华人民共和国成立后，他对党分配的任何工作都无怨无悔、勤勤恳恳，就像毛泽东为他取的名字那样，为人民做一辈子长工。中华人民共和国成立后，熟悉何长工的老同志都认为他的功劳能匹配更高的职位。对此，他感慨地说："我是在特定历史条件中滚打出来，一场恶战下来要牺牲好多战友啊。在他们面前，我们还有什么理由，去计较自己的功劳大小、地位高低呢？我想到的只是组织的安排、革命的需要。"

"老长工"戎马一生走过无数地方，经历数不清的风雨，但心里对井冈山始终有一份特殊的牵挂。也许在他看来，井冈山的斗争是他一生中最辉煌、最传奇的一段经历。他对井冈山感情特别深，中华人民共和国成立后曾三次回到故地，最后一次回井冈山已是87岁高龄。弥留之际他还经常说："我是多想再去看看井冈山，可惜这双腿啊，实在是走不动了。江西山好水好人更好，全国每6位死难的烈士中就有一位是江西籍的，这可是了不起的数字呢，井冈山的精神会永存的。"他嘱咐家人一定要把自己的骨灰葬回井冈山，他说："虽然我的故乡是湖南的华容，但是我的精神家园在井冈山。"

在历史灿烂的星河里，其实这一位"长工"只是共产党人的一个缩影。从1921年中国共产党在上海石库门开始梦想起航，到1949年中华人民共和国的五星红旗在天安门城楼上冉冉升起，再到现在实现中华民族伟大复兴的进程中，正是因为有着千千万万像何长工一样在默默奉献的"长工们"，才有了到处都充满活力和日新月异进步的可爱的中国。他们舍小家为大家，没有计较过自己的得失；他们勇挑重担，不断开拓；他们始终把党的利益和人民的利益放到第一位，甘为人民"扛一辈子长工"。

阔步走在新时代新征程上，我们从"老长工们"的精神里依然可以汲取力量，努力做好为人民服务的"新长工"。将红色基因和厚重历史转化为不懈奋进的动力，不忘初心，继续前进！

第一个提出"中国共产党"名称的人

尹晓奔　蔡和森纪念馆

▲

蔡和森等人带着对马克思主义和俄国十月革命的憧憬之情，1920年初来到了法国首都巴黎。巴黎是一座美丽而富有革命传统的城市，这里曾经震撼过法国大革命中群众的呼声，曾经弥漫过六月工人起义的滚滚硝烟，曾经流淌过巴黎公社英雄的鲜血。无产阶级的革命导师马克思、恩格斯、列宁曾经在这里居住和战斗过。蔡和森决心了解研究这些革命历史的经过，并从中汲取前进的力量。

蔡和森赴法勤工俭学期间，在法"猛看猛译"的法文书籍复制件

2月7日，他们来到了蒙达尼，蔡和森"猛看猛译"法文版的马克思主义著作，

为中国革命寻找经验而进行艰巨的劳动。在半年多的时间里，他用湖南人的"霸蛮"精神译出了马克思、恩格斯合著的《共产党宣言》，恩格斯的《社会主义从空想到科学的发展》，列宁的《共产主义运动中的"左派"幼稚病》《国家与革命》《无产阶级革命和叛徒考茨基》等著作的重要章节。他认定只有马克思主义揭示了社会发展规律的革命真理，只有科学社会主义才能改造中国。通过对马克思主义的宣传和教育，蔡和森把一部分留法青年从非马克思主义的思潮影响下解脱出来，团结一致地走无产阶级革命的道路。

1920 年 7 月 6 日至 10 日，从法国各地先后来到蒙达尼的新民学会会员在蒙达尼公学的教室里举行了 5 天会议。会议的中心议题是讨论以"改造中国与世界"为学会宗旨的问题，得到了大家的一致赞成。但在如何改造中国与世界、用什么方法达到改造的目的方面却出现了明显的分歧。蔡

■ 1920 年 7 月留法新民学会会员在蒙达尼举行会议

■ 人民出版社 2013 年版《蔡和森文集》

和森主张组建共产党，建立无产阶级专政，其主旨与方法多倾向于当时之苏俄，以政权来改建社会经济制度，而共产党则是"发动者、领袖者、先锋队、作战部，为无产阶级运动的神经中枢"。会议还决定建立定期进行学术讨论和交换学习心得的制度，以便有效地组织大家共同进行革命真理的探求和研究工作。蔡和森还主动联系"勤工俭学励进会"，将自己翻译的《共产党宣言》等小册子送去并组织阅读，一起探讨欧洲革命形势、俄国十月革命经验、共产国际的性质与任务等帮助他们提高觉悟。在蔡和森的帮助和影响下，这批会员逐步认识到必须奋起革命，用暴力推翻帝国主义、官僚、军阀的统治才能达到目的。1920 年 8 月，"勤工俭学励进会"改名为"工学世界社"，宣布以社会革命为宗旨。

1920 年 8 月 13 日，蔡和森致信毛泽东说："我近对各种主义综合审缔，觉社会主义真为改造现世界对症之方，中国也不能外此。"他分析中国农民及无产阶级受国际帝国主义的经济压迫非常大。帝国主义不仅不会支持中国民族工业的发展，而且会勾结本国的反动统治者进行限制和扼杀，并对人民谋求独立和解放的斗争进行镇压。所以，中国革命不能走资本主义道路，而必须像俄国那样，走社会主义的道路。9月16日他在致毛泽东的信中首次提出"正式成立一个中国共产党"，指出这个党必须以马克思主义为指导思想，必须密切联系群众，必须是高度集中的组织，有铁的纪律。

通过如上考察与分析，我们可以得出如下结论：蔡和森是最早明确提出创立中国共产党的先行者，他关于组建中国共产党的系统思考，不仅最先成形，而且完全是按照马克思主义基本原理和列宁建党学说，结合中国的具体实际而构建的。他的建党思想，与陈独秀、李大钊的思想一样，是中国共产党创立的思想原点之一。同时，我们也可以看到，蔡和森虽然没有直接受陈独秀、李大钊指导开展建党工作，但其建党思想的形成，是受李大钊和陈独秀思想的启发和引导而形成，并不是孤立于其所处的时代而存在的。换言之，蔡和森建党思想的形成，与陈独秀、李大钊等中国共产党创始人一样，源自使中国从积贫积弱的困境中解脱出来，进而实现民族复兴与人民解放的时代要求，是马克思主义与工人运动相结合的历史产物。蔡和森能够在完全没有共产国际等外力因素作用下，相对独立地形成完整的建党思想并致力于卓有成效的建党实践，充分说明中国共产党的诞生，并非"俄人移植""共产国际扶植"，而是近现代中国历史发展的必然产物。由此我们能够更加坚定中国特色社会主义道路自信、理论自信、制度自信、文化自信。

石库门弄堂里的重要会议

丁晓　中共四大纪念馆

▲

这是 1925 年 1 月的上海，元旦刚过，冬天的第一场雪还未消融。

邻近淞沪铁路天通庵站的虹口东宝兴路上，出现了一些陌生面孔。听说话口音，南腔北调；看相貌打扮，更是五花八门，甚至还有个高鼻梁、蓝眼睛的"老外"。

力量之源

■ 英文补习班

■ 英文班"开班"

在"朋友"的接应下，这些异乡来客陆续拐进一条石库门弄堂。走到弄堂底，敲开门，穿过客堂，上到二楼，朝南的房间里，摆着一张大桌子和一块小黑板，桌上是一些英文讲义，黑板上写着英文单词，大大小小的凳子椅子，把屋子挤得满满当当。看样子，这是上海滩一间普普通通的外国语学社。

没人想到，这个小小的英文补习班，竟是成立三年多的中国共产党将要召开的第四次全国代表大会。那些风尘仆仆的远方来客，正是来自全国乃至海外的会议代表。那位"老外"，则是共产国际代表维经斯基。

刚刚过去的 1924 年，年轻的中国共产党帮助孙中山改组国民党，创办黄埔军校，确立了"联俄、联共、扶助农工"的三大政策，工农运动和民主革命蓬勃发展。然而，统一战线内部左派与右派的分歧和斗争也日趋尖锐。

这一年的最后一天，当孙中山应邀北上共议国是的时候，他不会想到，生命留给他的时间，只剩下短短的 70 多天。

莽莽乾坤，革命尚未成功。饱经苦难的四万万人民，正寻求着新生的力量！

1925 年 1 月 11 日，东宝兴路石库门弄堂里的英文补习班"开班"了。楼下，一位苏北阿姨边做家务，边打量四周动静，一旦弄堂里出现可疑的人影，就悄悄拉响楼梯口的暗铃。楼上，由全国 994 名共产党员推选出的 20 位正式代表，对中国革命的前途展开了深入系统的探讨。

这是一股多么年轻的力量啊！除了 46 岁的陈独秀，其他与会者都还是二十多岁的青年：意志坚强的蔡和森，气质儒雅的瞿秋白，不苟言笑的李维汉，风度翩翩的周恩来，还有工运领袖汪寿华、陈潭秋、李立三、项英……

这是一次多么重要的大会啊！ 12 天的会期，发布了宣言，修改了党章，还表决通过了 11 份决议案。这些决议，在党的历史上第一次明确提出无产阶级在民主革命中的领导权和工农联盟问题，明确提出要加强党的领导、扩大党的组织、执行使党群众化的组织路线。

让我们记住这些彪炳史册的名字！

让我们记住这些振聋发聩的宣言和主张！

这些在上海虹口石库门弄堂里孕育的文字，不仅构建了中国共产党新民主主义革命的基本思想，也构筑了党的群众路线的历史起点。从此，全国反帝反封建的工农运动迅猛发展，党的队伍迅速壮大，为即将到来的大革命高潮建立了广泛的群众基础。从此，无论历史浪潮如何沉浮，中国共产党的兴衰荣辱都与亿万人民牢牢捆绑在一起，再也不分开。

（本文为集体写作）

从"农村望郎媳"到"红军女司令"

周燕　万安博物馆

▲

　　康克清 1911 年 9 月 7 日出生于江西省万安县赣江边的一个贫苦渔家，那时正是桂花飘香的季节，父母给她取名桂秀。由于家境十分贫寒，出生 40 天就送给了罗塘大禾场村罗奇圭家做"望郎媳"。

　　康克清的养父罗奇圭是共产党员，当时担任乡农协会主席，他经常给康克清灌输一些革命思想。五四运动后，"江西革命三杰"之一的曾天宇回乡传播马列主义，点燃了革命火种。受养父和曾天宇的影响，康克

■ 康克清出生地——罗塘湾

■ 宣讲妇女解放运动油画

清15岁组织了乡妇协会,经过妇女训练班的学习,当选为罗塘湾乡妇女协会的常任秘书(相当于现在的妇联主任),她一面开展本乡的妇女工作,一面参加县里组织的巡视团,到全县各区乡去演讲,宣传革命思想。1926年,康克清率领妇女宣传队在罗塘湾一带发展积极分子,动员妇女参加打土豪、分田地,同时宣传禁止虐待妇女,禁止虐待童养媳,反对包办婚姻,提倡男女平等,宣传禁烟(鸦片烟)、禁赌,动员妇女放脚、剪发。当时村背村有个叫刘春香的,把她家童养媳罗冬英打得浑身是伤,奄奄一息,还不给饭吃。康克清领着妇女到村背村开会,严厉批评了刘春香这个恶婆婆。起初刘春香不服气,但是看见青年妇女发动起来的力量,不得不低头认错,保证不再打人。在康克清的带领下,罗冬英后来参加了革命。

1927年9月,中共江西省委作出《关于秋收暴动的计划》,10月中旬,中共江西省委决定,赣西南暴动以万安为爆发点,并在万安建立了中共赣西特委（曾延生为代表）和以曾天宇为书记的万安暴动行动委员会。1927年11月至1928年1月，在中国共产党的领导下，万安军民四次攻打县城。暴动爆发前，康克清带领妇女熬硝、造火药、造松树炮、收缴国民党逃兵的枪支弹药，为暴动做好了前期的准备工作和后勤工作。1928年1月9日万安暴动取得胜利，第二天成立了江西省第一个县级苏维埃政府。国民党反动派闻讯，调国民党重兵直扑万安，企图将这个新生的革命政权一举消灭于萌芽之中。为保存有生力量，中共万安县委退出县城搬至罗塘至善小学，坚持斗争，康克清与她的战友们不得不把斗争由公开转为隐蔽。时隔不久，在毛泽东、朱德的指示下，陈毅率红四军二十八团第三营到罗塘协助万安县委开展革命活动，康克清带领妇女们打开地主、土豪的粮仓，为红军筹粮做饭、洗衣。陈毅部队离开罗塘时，康克清和万安80个农民随陈毅部队上井冈山，她成为井冈山革命根据地第一批女红军中的一员，开始了革命的生涯。美国作家埃德加·斯诺说过："她是一个农村姑娘走上了井冈山。"

康克清上井冈山后不久，被调到军部妇女组工作，组长是曾志，组里还有贺子珍、伍若兰、吴仲廉等。工作任务是做群众工作和宣传工作，筹粮、筹款，同时帮助毛泽东做些调查研究工作。康克清工作积极，每到一处，就找群众和妇女谈心，了解当地情况，与同志们一道张贴朱军长、毛委员发布的布告，写大标语，康克清一边做工作，一边从布告上和大标语中学认生字，从中领会了许多革命道理。九打吉安取得胜利后，她将原名康桂秀改为康克清，表明自己"要清清白白做人，沿着一条清清楚楚的正确道路前进"。在红军队伍中，她的工作频繁变动，却从无怨言，都是愉快接受，出色完成任务。第一次反"围剿"时我军首次缴获敌人的无线电收发报机，红军总部抽调一批高小程度以上的青年战士学习无线电收发报技术，从未上过学的康克清也被抽调在其中。她服从组织的安排，迎难而上，刻苦钻研，强记加巧记，克服常人难以克服的困难和艰辛，成为我军第一批优秀的女译电员。后不久又调到红四军直属队、女子义勇队、特务团三连……每到一处都以党的利益为重,服从组织安排,身先士卒,积极开展工作。

在革命队伍里,康克清有幸能与毛泽东、朱德、周恩来等一大批中国革命的领导人接触,她从中深受教益,特别是与朱德结为夫妻后,她作为朱德的战友和伴侣,在共同生活中,处处得到教育、支持和帮助。朱德曾说过,"太太是不会革命的,投身革命的妇女不能为太太"。这寓意深长的话语,鼓励着康克清立志不当官太太,要做一个坚强的革命战士。在朱德的教导鼓励下,康克清很快就成了一块名副其实的"优质钢"。1931年,由刘维严、杨立三介绍,康克清由共青团员转为中共正式党员。1932年,康克清奉命参加红军上干班学习,那是培养营、团、师级干部的培训班,在自身努力学习提高的同时,身为女子义勇队队长的她还利用空隙时间做好女子义勇队的领导及培训工作,180名学员毕业考试,军、政、文各项成绩都达到了合格要求,分配到各县、区、乡从事地方工作,很多人不久便成了工作骨干。康克清在校期间,被苏维埃政府派往后方视察救护工作,她给自己规定了四条原则:严格要求自己,给战士们作出好榜样;严格要求战士,不论政治思想、军事训练,都要严格要求;关心每个战士,针对每个人的思想实际,帮助他们;搞好全连的生活,一定把伙食搞好。功夫不负有心人,康克清通过孜孜不倦的刻苦学习,在上干班毕业考试中获得了全班第二名的好成绩,校长亲自为她颁发了毕业证书。

1933年9月,蒋介石对中央苏区发动第五次"围剿"。这时,康克清受红军总政委周恩来的指示,来赣江一带检查碉堡工事修筑的情况。临行前,周恩来对她说:"有报告说赣江边上修的碉堡工事,枪眼不是朝着敌人来的方向,而是朝着自己这边,你带两个人去看看,若真是这样,要立即纠正过来,还要查明原因。"接到任务后,康克清一行3人骑马飞奔到杨殷县(赣州北部和万安南部合并建立的新县),她们在杨殷县各处检

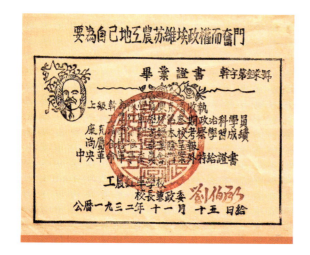

1932年康克清参加红军上干班学习，通过毕业考试获得的毕业证书

查，来到棠梓镇。这是一个不大的集镇，街上萧条冷落，群众流露出惊慌不安的神色，据区里同志反映：赣江以西已被敌军占领，不断有白匪过江烧杀抢夺，弄得人心惶惶。"你们看着白匪过来作恶，为什么不打？"康克清很严厉地质问。"白匪有两支队伍100多条枪，我们游击队才50多人，从来没有打过仗，也不知道该怎么打。"区里同志马上又说："康同志，你是总部派来的，见过世面，打过仗，请你指挥我们打一仗，可以吗？"

康克清虽然经历过不少大小战斗，可是还从未亲自指挥过战斗。情况紧急，她望着激动与期盼的游击队员和乡亲们，能推辞吗？革命者为了人民的利益要勇挑重担。她镇静下来，坚定地说："好吧！我们大家共同打好这一仗，你们一定要按照我的指挥行动。"游击队长游联煜高兴地向康克清介绍了情况，又领她到实地察看地形。康克清知道，仅仅凭这50多号人的游击队和普通百姓，要战胜一二百人的白匪是不可能的，得有红军参战才行，乡苏维埃主席说："我们附近有军分区的一个排在这里巡逻。""那太好了！"康克清说，"快派人去请排长来参加会议。"排长一听说要打仗，积极响应，有了他们力量依然不足。康克清想到赤卫队和少先队，乡苏维埃主席说："一共120多人，除十几支点火的土铳外，全是一色的梭镖。这样我方加起来也有200多人了。"

随后，康克清立即组织当地领导先研究敌我双方情况，看地形，研究作战方案。康克清连夜集中全体人员开会，布置作战计划：把游击队、赤卫队、少先队分成左、中、右三路埋伏在三个地方，军分区一个排做机动力量，在天亮前进入指定地点，还规定了联络和出击信号。为了壮大声势，赤卫队员带上锣鼓，少先队员带上鞭炮和油桶。康克清做了战前总动员，提出了战斗和保密要求，她的动员报告赢得了阵阵掌声，鼓舞了士气。

第二天天刚亮，敌人就偷渡赣江来抢劫了。康克清指挥游击队和红军按原计划分三路行动。敌人很狡猾，很快就发现了我方一路的行动，枪声响了起来，康克清抓住战机，命令游击队跟随军分区的红军排，向敌人猛冲过去，赤卫队、少先队跟着助威。敌人在我三面包围下，乱成一团。有的敌人还喊着："红军来啦！快跑……"

敌人占据了一个小山头，企图据险抵抗。康克清发现情况，果断命令游击队从三面把山头围起来，队伍隐蔽作战，既不射击也不暴露，虚实结合，叫敌人摸不清实情；否则，敌人发现我方主力只有游击队，枪支缺乏而且陈旧，那就要吃亏。这一招果然灵验，敌人在恐慌中，又见我方先攻击后隐蔽，以为马上就有大动作，不待康克清指挥三路游击队合围完，敌人大部就赶快逃跑了。我军直追到江边，来不及逃走的敌人，差不多都被游击队打死了。这一仗敌人伤亡20余人，我方仅牺牲1人、轻伤5人、缴枪5支，夺回了

■ 1933年杨殷县良境村一幅油画

■ 康克清故居全景照

被抢劫的粮食、牲畜、财物……战斗结束后，乡亲们载歌载舞庆祝胜利。康克清临危不惧，挺身而出，勇挑重担，赢得了乡亲们的称赞。"红军女司令"的美称就从那时传开了。

后来，康克清回忆指挥这次战斗时，仍然禁不住喜悦地说："那一仗是我指挥的，但大家称我为'红军女司令'就名不副实。"简简单单的一句话，却体现了康克清虽然功绩颇大但为人谦虚心胸宽广。

无论是艰苦的战争时期还是中华人民共和国成立前夕，康克清随着人民军队战斗在赣南闽西，战斗在中央苏区，战斗在二万五千里长征路上，战斗在太行山上，战斗在华北敌后，是我军的女军事指挥员、女英雄；她全身心照顾和支持朱德总司令的工作，是朱老总的亲密战友、贤内助；她一生艰苦朴素、勤奋好学、廉洁奉公、光明正大，是我党杰出的妇女工作领导者、德高望重的老一辈革命家。

　　杨尚昆在回忆录里是这样评价康克清的："在战场上，她临危不惧，挺身而出，勇挑重担，曾经是一名年轻的军事指挥员；在日常工作中，她深入实际，密切联系群众，把工作做到群众的心坎上；她循循善诱，又坚持原则，是一个优秀的政治工作者；她实事求是，不盲从随流，是一个表里如一的共产党员。在日常生活中，她事事处处以身作则，严格要求晚辈，是一位严肃慈祥的长者；她廉洁奉公，光明正直，在改革开放的新形势下，依然保持着革命的本色。"

用生命珍藏的信仰

吴佳妮　中共一大会址纪念馆

▲

那是 1927 年的冬天，寒风凛冽，一艘来自上海的定班轮船缓缓驶入宁波镇海的港口。赶着过年的人们从船上下来，挤满小小的码头，转眼，又在此起彼伏的呼喝声中各奔东西。当回乡的人群和盘查的军警散去，一个青年才不紧不慢地走出船舱。他个头不高，相貌普通，瘦弱的身形外罩着件灰色的长衫，右肩挎着一只鼓鼓囊囊的油布背包。看衣着打扮，与那

■ 20 世纪 20 年代的宁波镇海港口

些在上海务工的农家子弟没啥不同。不过，他的神情和目光却显得格外淡定沉着。

这位青年，叫张静泉，1898 年出生于宁波霞浦一户普通的农家。为了谋生，在他 16 岁时，父亲张爵谦就托关系，将他送到上海凤祥银楼做学徒。一去七八年，张静泉很少回家。他的家人和乡亲并不知道，这个性格温和而有主见的张家老二，竟然在大上海参加了共产党。

是的，正是在上海，张静泉耳闻目睹国家民族的危亡和工人阶级的苦难，又接触《共产党宣言》等马克思主义的书刊，确立了共产主义的信仰。1921 年，他加入青年团。第二年，又加入中国共产党，成为上海最早的工人党员之一，并出任上海金银业工人俱乐部主任，领导工人积极投身反帝反封建的革命斗争。为了革命，他把自己的名字改为"人亚"。

1927 年，四一二反革命政变突如其来，白色恐怖笼罩上海，革命形势急转直下。危难之时，张人亚牵挂着他多年革命工作中收存的马列著作和党内文件，其中包括《共产党宣言》第一个中文全译本、中国共产党

■ 张人亚（二排正中），上海金银业工人俱乐部全体成立大会大合影

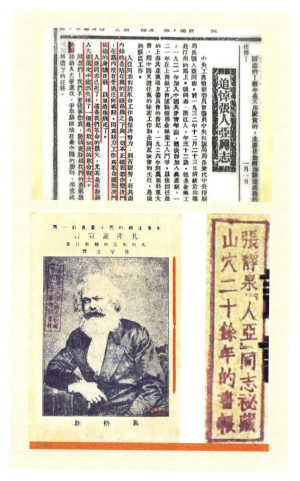

上图为刊登的纪念张人亚的文章，下图为张人亚用生命守护的《共产党宣言》

第一部党章、中共二大和三大决议。这些书刊文件，不仅是党的重要文献，也是他的精神指南。血雨腥风中，在哪里，哪些人，才能放心地托付这些比自己生命还重要的"宝贝"？

当家乡的老父亲见到许久没有音信的张静泉推开家门的那一刻，他不会想到，儿子冒险回家，居然是为了这些不起眼的旧书报，更不会想到，这寒冬腊月里的匆匆一面，竟是与儿子见的最后一面。

第二年，张家的墓地里多了一座衣冠冢。据说远在异乡的张家老二失踪了，生死不明。每年清明和冬至，按时来给儿子上坟的老父亲都老泪纵横。乡邻们并不知道，在日渐茂盛的杂草下，竟埋藏着一个惊天的秘密。

"儿啊，你在哪儿？你托付的事情，爸帮你办好了。"

年复一年，张人亚没有回家。新中国成立了，儿子依然杳无音信。张爵谦让人打开"衣冠冢"，将这些在墓穴中埋藏了20多年的书报文件，带到儿子曾经工作和战斗的大上海，交给人民政府。

又是半个世纪过去，2005 年，张家的后人终于等到了亲人的消息。他们从江西瑞金中央革命根据地的历史文献中得知，1932 年，张人亚从上海来到中央苏区，担任中华苏维埃共和国中央工农检察委员会委员、中央出版局局长等重要职务。这一年的 12 月 23 日，因积劳成疾，年仅 34 岁的张人亚不幸逝世。

如今，张家父子两代人用生命守护的这本《共产党宣言》，就静静地陈列在中共一大会址的展厅里，历经沧桑岁月，封面上仍依稀可见两行蓝色的印鉴，"张静泉（人亚）同志秘藏山穴二十余年的书报"。

这是一个共产党人对理想和信仰的坚守，这是一个父亲对儿子至死不渝的父爱。

（本文为集体写作）

忠贞不渝干革命

邱烨　秋收起义文家市会师纪念馆

▲

　　1908 年元月，李贞出生于湖南省浏阳县永和乡的一个贫苦农民家庭，是家里的第二个女娃，父母就随口叫她旦娃子。由于生活困苦，在她 6 岁时去当了童养媳。那些日子，她不仅要砍柴、挑水、做家务，还经常挨打受骂。18 岁那年，她的命运发生了改变：那是 1926 年的一天，姐姐偷偷带着她参加了永和区妇女协会，协会的大姐得知她是个童养媳，当即就点头同意，并拿来一张报名表问她叫什么名字。名字？ 18 年来大家都叫她旦娃子，从来没有正儿八经的名字，这时，她突然想起姐姐说的一个成语"忠贞不渝"，她想干革命不就是要忠贞不渝地干下去吗？于是她堂堂正正地填上"李贞"，从此，这个名字伴随着她踏上了革命的征途，列入了秋收起义战士名单……

　　1927 年，大革命失败后，全国上下一片血雨腥风，震惊全国的秋收

李贞画像

■ 李贞晚年生活

　　起义爆发，革命的火种在浏阳大地上迅速点燃，此时的李贞已成长为一名共产党员，任浏东游击队副委员长。一次，游击队遭到敌人突袭，她奉命掩护部队行动，英勇地打退了敌人一次又一次冲锋，子弹用光了，就用石头砸，战斗从黎明打到黑夜。由于敌众我寡，最后，李贞等 7 人被迫退到祖师崖上，猖狂的敌人不停地喊着"抓活的"。一面是紧紧相逼的敌人，一面是高深不见底的悬崖。在这危急关头，李贞横下一条心，斩钉截铁地说："同志们，不能让敌人捉活的，往下跳！"说完，她不顾自己已是怀孕之身，带头纵身跳下了十几丈深的悬崖，其他的队员也纷纷跟着往下跳。万幸的是，李贞正好落在一个树杈上，保住了性命；不幸的是，由于腹部受伤，孩子流产了；更没想到的是，由于受伤严重，导致了她习惯性流产。

　　在战火纷飞的年代，李贞与丈夫甘泗淇患难与共，终于迎来了革命胜利，成为开国将军中唯一一对"双子将星"。但这对情深意笃的革命伴侣一直没有自己的孩子，却用工资抚养了 20 多位烈士遗孤。

中华人民共和国成立后，李贞住在香山脚下一个普通的四合院内，几户人家合用一个锅炉烧水取暖，住房年久失修，卫生间里还经常漏水，有时得垫上砖头才能走进去。虽然总政领导多次劝她搬到城里去住，可她总是说："房子还能住，我有办法御寒。"她御寒的办法很"原始"，就是把她那双又笨又重的帆布羊毛大头鞋穿在脚上，身上穿两件棉大衣，膝盖上放着热水袋，就这样全副武装地在家里看书、批阅文件、处理群众来信。1983 年春节前，总政老干部局的同志到李贞家拜年，拿出 200 元钱对李贞说："这是组织上补助的生活福利费。"李贞连连摇头说："这钱不能收。我们这些幸存的老同志，和那些牺牲的战友相比，已经很幸福了，请组织上不要再给特殊照顾了。"

1990 年 3 月 11 日，这位浴血奋战多年的女将军走完了光辉的一生。为她清理遗物的时候发现，除了记录她赫赫战功的 4 枚勋章仍耀

李贞的遗物

■ 新中国成立后的李贞

眼夺目以外，竟没什么像样的物件：4 把用了多年的家乡旧藤椅，藤条已断裂不少，修理后勉强使用；一对用了 40 年的旧皮箱，是她和丈夫赴朝鲜作战时用过的，外表早已老化开裂；一台用了 14 年的"雪花"牌单门冰箱，外表锈迹斑斑；衣柜里唯一的新衣服，是她 80 岁生日时表孙女为她织的毛背心。

还有一张"遗物清单"，所剩的存款不到两万元。就是这点存款，李贞还以清单形式要求工作人员将一部分捐给北京青少年宫作为自己最后一次捐赠，一部分交给党组织作为自己最后一笔党费。在场的亲友和工作人员看着那张遗物清单，禁不住失声痛哭，感慨着：将军心里装着人民的事业，唯独没有她自己。

这，就是为党为民的开国女将军李贞的故事。

短暂而光辉的一生

方再燕　遵义会议纪念馆

▲

在腥风血雨的革命战争年代，有无数的先烈为争取民族解放，忍受了极端的困苦。在那红色潇湘的大地上，涌现出了众多的巾帼英雄，而毛泽建就是其中的一位。她心系黎民苍生，将个人情感上升为革命豪情，把个人信仰与国家命运相结合，冲破封建礼教的枷锁，毅然投身革命，谱写出气壮山河的英雄史诗，并为之献出了年轻而宝贵的生命。

毛泽建，别名毛达湘，1905年10月出生在湖南湘潭韶山，是毛泽东堂叔毛蔚生之女。因家境贫苦，便把毛泽建过继给毛泽东的父母做女儿。之后她当过童养媳，受尽了封建制度的压迫。可社会的黑暗和不公却激发了她绝不向命运低头的斗志。1921年春，她跟随毛泽东来到长沙，进入崇实女子职业技术学校学习，这也是毛泽建革命道路的开端。1923年，她光荣地加入了中国共产党。同年秋，考入衡阳省立第三女子师范学校。在校期间，她积极参加革命，担任中共党支部书记和学联女生部部长。在学生运动中，每一次她都冲锋在前，被人们称为"女先锋"。在艰苦的革命斗争中，毛泽建迅速成长为一名远近闻名的女游击队长，令敌人闻风丧胆。1925年冬，经毛泽东介绍，毛泽建和共产党员陈芬结为亲密无间的革命伴侣。婚后，两人又分赴两地组织农民运动。

　　然而，革命之路是残酷而血腥的，革命胜利的旗帜是被鲜血染红的。

　　1928 年夏，在白色恐怖笼罩下，毛泽建和陈芬领导的衡山工农游击队在耒阳县一带遇敌，经过激烈战斗，终因寡不敌众，两人先后被捕。当时的毛泽建已怀有 8 个多月的身孕。在那冰冷又暗无天日的囚室里，她抚摸着肚子里的小生命，和每一位普通的妈妈一样，期待着孩子的诞生，可她又害怕孩子的诞生。就在这时，传来噩耗，她的丈夫陈芬被捕后被杀害。听到这个消息的毛泽建悲痛欲绝，随即在狱中用自己的鲜血写下："誓死为党，革命一定会胜利！"

　　井冈山派来红军部队以迅雷不及掩耳之势夜袭耒阳县，救出毛泽建。但此时的毛泽建即将临产，行动不便。她为了不拖累同志，保证部队能安全转移，坚决独自留了下来，隐藏在当地一位孤老婆婆家里生下了一个男孩，取名艰生，寓意着记录艰难的出生。可不料，还没等她来得及看清楚孩子的脸，孩子的哭声惊动了正在搜查的"挨户团"，敌人立刻找上门，身体虚弱的毛泽建再次被捕。敌人将她关押到衡阳，对她进行威逼利诱，多次严刑审讯，妄图从她的身上获取党和红军的重要机密，面对敌人，她坚贞不屈，毫不动摇。

　　此时的毛泽建已被摧残得奄奄一息，这位刚成为母亲的年轻妈妈，她多想再看一眼自己的孩子，这时，陈芬的姐姐淑媛得知后，赶紧抱着孩子到狱中和她见面。一见到孩子，毛泽建高兴得不得了，只见她亲个没完，一会儿哭一会儿笑，血泪交融，令人断肠。淑媛见到此情此景，更是难受得说不出一句话，她心痛得失声痛哭，因为毛泽建抱着的这个视若珍宝的孩子是她从老乡家借来的，而毛泽建却不知道她历尽艰险诞下的孩子"艰生"，就在刚出生没多久因为没有奶吃而不幸夭折了。姐姐不忍心将这消息告诉她！

　　毛泽建被敌人关押在大牢一年多后，于 1929 年 8 月 20 日被押往衡山城外行刑，这一天，黑云密布，狂风大作，刺骨阴冷。在通往刑场的路上，她手戴镣铐，目光坚毅，视死如归。两旁的路人无不为之悲痛，哭泣着送别这位正奔赴刑场的革命女英雄。毛泽建一边阔步向前，一边高声呐喊："今天，杀了我一个毛达湘，还会有千千万万个毛达湘站出来！革命者，杀不尽，斩不绝！"在这响彻天际的悲壮声中，随着一声枪响，毛泽建光荣牺牲，年仅24岁。

毛泽建，毛家第一位为革命牺牲的烈士，毛主席最疼爱的小妹，毛主席曾用"绳锯木断，水滴石穿"高度评价毛泽建的精神品质。她的一生，短暂无比，仅仅24年，却诠释了一个女子生命最大的分量！她，是革命的楷模，英雄的象征。

历史拒绝遗忘，丹心万古长存。如今这秀丽山河、这安宁盛世，是先辈们用血肉、用生命堆积起来的！毛泽建虽已离世多年，但她的名字如傲霜的秋菊，永远刻在了我们心中；她英雄的形象又似灿烂的朝霞，普照着巍巍衡岳；她坚定的理想信念与高尚的精神品质，也正在不断激励着我们锐意进取、砥砺前行，为实现中华民族伟大复兴的中国梦而不懈奋斗！

为开创和保卫井冈山根据地而献身

尹龙乔丹　井冈山革命博物馆

▲

在井冈山斗争的光辉史册上，有一个众人熟悉的名字，他是红军最高级别的指挥员之一，是为开创和保卫井冈山根据地而牺牲的革命先烈——红五军参谋长张子清。

1902 年，张子清出生于湖南省益阳市桃江县，受父亲影响，他自幼就有强烈的爱国思想。1925年，张子清加入中国共产党，曾任黄埔军校长沙第三分校教官。1927 年，参加秋收起义，井冈山会师后任红四军十一师师长兼三十一团团长，红军主力下山后任红五军参谋长等职。文武双全的他是毛泽东深为器重的军事助手，被毛泽东称为"左丞右相"。

1928 年 4 月上旬，朱德、陈毅率领南昌起义部队和湘南农军

■ 风华正茂的张子清

向井冈山转移。张子清奉命率领第一团担任后卫掩护任务，面对国民党湘军吴尚部 3 个团的追击，他沉着应战，带领 1 个营持续恶战了两天多，杀伤敌军数百人，为朱德、陈毅率部队顺利转移到达井冈山赢得了宝贵的时间。战斗中，敌人的子弹击中了张子清的脚踝，他身负重伤。尽管如此，他仍被任命为工农革命军第四军第十一师师长。1928 年 5 月 4 日，毛泽东与朱德两军会师大会在宁冈砻市举行，会上宣布成立工农革命军第四军（后改称为中国工农红军第四军），毛泽东任党代表，朱德任军长兼第十师师长，陈毅任政治部主任兼十二师师长，张子清任十一师师长兼三十一团团长。

大会结束后不久，毛泽东与陈毅等迅速来到了茅坪后方医院看望张子清。在诊室，毛泽东向医护人员询问了张子清的伤情："子清脚骨里的子弹取出来了吗？"

医护人员为难地说："没有，那颗子弹钻得很深。"接着，医生讲述了那天给张子清开刀的经过，医院没有手术设备，也没麻药，连碘酒都少得可怜。医生向张师长提出暂不开刀，坚持用盐水、碘酒、草药给他消炎，等以后弄到麻药再说。张师长说："你们看过《三国演义》没有？关云长手臂中了毒箭，请华佗替他刮骨去毒。华佗将他的肉割开，然后用刀子将他的骨头上的箭毒刮去，他一声痛都没叫，照样谈笑自若，与别人下棋。开刀吧，我坚持得住。"张子清语气坚定地说。就这样，在三天后，医生决定给他开刀，一切开他的脚板，又腥又臭的脓血就喷流出来，他也没哼一声。接着医生用钳子插进骨缝之中，寻找那颗子弹，找了很久，他还是没哼一声，只见他脸色青紫，大汗淋漓，昏了过去。那颗子弹钻得太深，最终还是没能取出。

医生说起这些的时候泪眼模糊，声音嘶哑，再也说不下去了，旁边的护士也哭出了声音。随后医生、护士陪同毛泽东等来到病房，在门外，只听见张子清正在给几个伤病员讲《水浒》里"宋公明三打祝家庄"的故

■ 张子清塑像

事。毛泽东一进门，大家都格外兴奋，纷纷起身相迎，让座。毛泽东亲切地向大家问候。随后，走到张子清床边，揭开他的被褥，发现张子清的左腿又红又肿。毛泽东十分心疼地对张子清说："子清同志，你要好好保重啊！"他叮嘱医院一定要尽最大努力将张子清的伤治愈。可是，由于流血过多，又没有消炎药，伤口慢慢深度溃烂，医生只好一次又一次将腐肉剔除。战友们心疼他，每天从伙食中省下一点盐，集成一小包，给张子清洗洗伤口，但他一点儿也不舍得用。不久，激烈的战斗后，医院里的伤员骤然增加，而用于消炎的盐严重缺乏，很多伤员因伤口得不到有效控制而恶化。从昏迷中苏醒的张子清得知这个情况，立即摸出枕头下的那一小包食盐，交给护士班长说："盐不多，一定要把重伤员的伤口洗一洗。"护士班长捧着这一小包救命盐，眼泪夺眶而出。不久，战士们重返前线，而他却因反复感染，不得不截去了一条腿。

1929 年 1 月，湘赣国民党军大举围攻井冈山，红四军主力向赣南出击，张子清被隐蔽到深山区。时值大雪封山，交通断绝，粮食吃尽，张子清饿得奄奄一息，他自己伤势越来越重，但仍带重伤坚持工作，担任了中共湘赣边特委书记和红五军参谋长。1930年5月，因伤口恶化，缺乏营养，张子清献出了28岁的生命，从此长眠在井冈山这块红土地上。

1965年5月，毛泽东重上井冈山，他凝视着翠色千层的山峦时，忽然心头漫上记忆的浪涛，随之声音变得低沉："张子清，一个多好的同志，他牺牲时还不到30岁哩。"

至死不渝的红色誓言

郭子瑶　兴国革命纪念馆

▲

在兴国革命纪念馆主题厅里，有一座烈士英勇跳崖的雕塑：在竹笋般峭拔的石峰下，一些端着长枪的国民党士兵畏畏缩缩地往上爬，一名红军战士挺立峰顶，双手高举着一块石头往下砸……雕塑下镌刻着烈士当时的誓言："死到阴间不反水，保护共产党万万年！"

2019 年 5 月，习近平总书记视察江西和赣州时，动情地讲述了江善忠烈士的感人故事。

江善忠，1906 年出生于江西省兴国县长冈乡合富村的一个农民家庭。1928 年冬天参加革命，担任了乡农民协会的宣传委员。1929 年 10 月，光荣地加入了中国共产党。

入党以后，江善忠坚决执行党的指示，领导农民与豪绅地主进行斗争。为了提高工作能力，他开始有意识地学习马列主义，注意提高自己的理论修养。他在工作中克服困难，对敌斗争毫不松懈，迅速打开了工作局面，受到上级机关的肯定和群众的好评。1932 年，江善忠担任上社区苏维埃政府裁判部部长；1933 年，又出任兴国县苏维埃政府裁判部部长；1934 年，他担任江西省苏维埃政府裁判部部长。

1933 年秋天，蒋介石调集 50 万军队，对中央革命根据地发动第五次

"围剿"。由于以李德为代表的"左"倾军事教条主义领导人在军事策略上放弃了毛泽东灵活机动的游击战术,提出"御敌于国门之外"的口号,采取堡垒战术,命令兵力少、装备差的红军与国民党军展开阵地战。在战术中实行所谓的分兵御敌,四面出击。经过一年苦战,红军消耗越来越大,根据地越打越小,第五次反"围剿"失败,红军主力被迫撤离中央革命根据地,实行战略转移。

中央红军主力转移后,中共中央分局和中央政府办事处,考虑到时任江西省裁判部部长的江善忠是兴国苏区成长起来的群众领袖,在兴国享有很高的威望,决定派他返回兴国苏区,领导苏区群众坚持游击战争。

江善忠坚决服从中共中央分局的决定,将江西省苏维埃政府裁判部机关进行改编,组成红军游击队,辗转坚持在兴国的方太、崇贤一带与"围剿"苏区的敌人展开游击斗争。他用"草丛石岩当住房,为了革命自带粮。一切困难都不怕,坚决消灭国民党"的兴国山歌,来鼓舞战友斗志。

国民党军在得知红军主力突围转移后,组织反动"还乡团",配合国民党军在苏区进行反攻倒算,穷凶极恶地叫嚷"茅草过火,石头过刀,筷子过斩,人要换种",开展"进剿"或"清剿",企图将留守苏区坚持斗争的红军和苏区干部消灭。

苏区时期,由于对敌斗争形势的需要,江善忠负责对外镇压反革命分子、对内肃清叛徒和内奸的重要职责。他对党绝对忠诚,立场坚定,除恶肃奸毫不留情,工作认真负责,任劳任怨,敌特分子和叛徒内奸一听到他的名字,无不

江善忠画像

■ 位于兴国县灵山西麓的芒槌石，因像洗衣用的木槌而得名

胆战心惊。

　　红军主力长征之后，兴国苏区全部沦陷，敌人提出所谓的乡乡"清剿"、村村搜捕的策略。面对险恶的环境，江善忠率领游击队进山打游击。他们经常深夜潜入反动分子或叛变内奸的家中，代表苏维埃政府将他们就地正法。有一次，游击队一夜的大行动，先后处决 19 名反动分子和内奸，狠狠地打击了敌人的嚣张气焰。敌人对他既怕又恨，公开张榜悬赏 500 大洋买他项上人头。

　　1934 年 12 月，江善忠接受了在兴国安置一批红军留下的伤病员的任务。他潜回家乡长冈乡合富村，秘密联络失散的同志，组织了一支十几

游击队营地猴哥寨，为了掩护红军主力长征，江善忠率领游击队在兴国城东灵山一带坚持斗争，悬崖上的猴哥寨是他们的宿营地之一

个人的游击队，利用夜色掩护，将20多名红军伤病员转移到距县城10余公里的灵山猴哥寨隐蔽和治疗，自己则带着几个战士住在芒槌石峰下的一个小山洞里，一面采购药品治疗伤病员，一面密切监视着县城方向敌人的动静。

狡猾的敌人获得了红军伤病员隐蔽在灵山一带的消息，派出大批人马气势汹汹地向灵山发动"清剿"。江善忠临危不惧，一面率领游击队展开了顽强的阻击，一面派人通知伤病员转移。敌人来势汹汹，步步逼近。在芒槌石峰下的江善忠，面临两条路可以选择：一条路是退到猴哥寨与伤病员队伍会合，伺机向深山转移，但伤员太多，转移速度较慢；一条路是把敌人引向岔道，为伤病员转移赢得时间。

芒槌石峰下唯一的岔道，就是通往芒槌石峰顶的小路。芒槌石峰是一座三面绝壁的孤峰，虽然易守难攻，但一旦上去就成为无法脱身的死路。江善忠明知这是一条绝路，但他为了掩护20多名红军伤病员转移，没有丝毫犹豫，一面派身边的战士去帮助伤病员转移，自己则边打边退，独自把敌人引向了地形险要的芒槌石峰顶。

江善忠巧妙地利用岩石做掩护，且战且退中，连续击毙了数名敌人。子弹打光了，他就用石头砸。很快，石头也砸光了，敌人趁机蜂拥而上，狂笑着朝他喊道："江善忠，你已经是死路一条了。只要你反水投降，马上可以升官发财！"退无可退的江善忠，巍然屹立在悬崖边上，大义凛然地说："要我背叛共产党，你们休想！"

江善忠在芒槌石峰顶从容地环顾四周，默默地与家乡和亲人们告别："别了，我可爱的故乡！别了，我的妻子、孩子！别了，我的战友和同志！"随即纵身跳下140多米高的悬崖，壮烈牺牲，年仅28岁。

日历里的初心和使命

张楚芳　任弼时纪念馆

任弼时纪念馆坐落在湖南汨罗市弼时镇，在展厅里，陈列着这样一件文物——一个老式的台历，简易的铁制底座，显示的日期是1950年10月25日。这一天是被誉为"党的骆驼"的任弼时在工作岗位上坚持到生命最后一刻的日子。这一页日历，见证了他随时准备用自己的生命去殉我们事业的铮铮誓言。这一页日历，也承载着一个共产党人初心不改、终生

■ 任弼时纪念馆陈列的、时间定格在1950年10月25日的台历

为民的公仆情怀。

1904 年 4 月 30 日，任弼时出生于湖南汨罗一个乡村教师家庭。16 岁那年，经毛泽东组织的俄罗斯研究会的介绍加入了上海社会主义青年团。1922 年又光荣地加入了中国共产党，成为一名坚定的共产主义战士。此后他的每一页日历上，都写满了一个共产党员的初心与使命。

在大革命的紧急关头，他挺身而出，慷慨陈词；在长征中，他坚决拥护以毛泽东同志为代表的党中央，与张国焘的分裂行为作斗争，力促红军三大主力胜利会师；在全民族抗战爆发后，他主持起草了《关于若干历史问题的决议》。在中共七届一中全会上，他当选为中央政治局委员，书记处书记；在西柏坡简陋的农村指挥所里，他协助毛泽东等指挥了"三大战役"，为国为民殚精竭虑。

在任弼时的人生日历上写着三怕：一怕工作少，二怕花钱多，三怕麻烦人。凡事不怕苦了自己，就怕麻烦党和人民。在生活上，他极为简朴，一件用旧围巾翻织的背心穿了十多年，一条旧毯子他从长征一直用到逝世；在工作上，他似乎总在和时间赛跑，不愿浪费一分一秒。然而谁又能知道这日理万机的背后，任弼时正忍受着难以想象的疾病折磨。

1928 年和 1929 年，任弼时两次被捕。在狱中，他受尽敌人的折磨，甚至遭受了极为残酷的电刑。他的背上被烙出两个拳头大的窟窿，发炎溃烂落下的病根，导致后来多种疾病缠身。

1949 年 10 月 1 日，当五星红旗在天安门广场冉冉升起、举国欢庆、四海欢腾的时候，任弼时却因为身体的原因，被医生禁止参加开国大典。他只能躺在家里，通过聆听收音机里传来的盛况来见证这一伟大的时刻。可即便如此，他一再写信给毛主席要求分配工作。毛主席关心他的身体，要求他每天工作不准超过四小时，可他依然抱病工作八小时以上。他非常清楚自己的病情，在他的心里，他只想尽心竭力地为这个百废待兴的新中国工作得多一点、多一点、再多一点。

■ 任弼时在工作

■ 与同志们一起工作

日历再次翻到 1950 年 10 月 24 日深夜，首都的大街小巷渐渐安静下来，家家户户的灯光，一个接一个地熄灭了，而在景山东街那处简朴的寓所内，台灯还一直亮着，任弼时坐在桌子边，正全神贯注地研究着一幅朝鲜地图。

深秋的夜晚寒气袭人。夫人拿了一件大衣披在了任弼时身上，此时任弼时不禁自言自语起来："东北这时可比这冷多咯！"他，是想起了在前线的战士们！

1950 年，朝鲜战争爆发！美帝国主义疯狂北犯，鸭绿江边响起了隆隆的炮声。任弼时抱病参加了中央召开的紧急会议，他完全赞同毛主席关于抗美援朝、保家卫国的主张。

几天来，任弼时的脑海里被这些问题占据着，经常对着朝鲜地图默默地沉思。这天晚上，他特别惦念开赴东北、入朝作战的志愿军战士们，为了人民的幸福和国家的安全，他们要在冰天雪地里，迎着炮火和硝烟，和敌人作生死的搏斗！想到这里，任弼时不免激动起来，此刻他多么希望和以前一样同英勇的战士们一起出征啊！

毛主席给他派的保健医生在门外徘徊了很久，终于鼓起勇气走进来，恳切地说："弼时同志，您的血压今天已经超过了 200，原来给您规定了的一天工作不能超过四小时，您该休息啦！"四小时，对任弼时来说，那是太少了，无论如何不够他用的。无论哪一天，工作时间最少也没下十小时。警卫员在一边看着，心里多着急啊，也在一旁催促他快点休息，任弼时同志却说："我们都是共产党员，肩负着革命的重任，能坚持走一百步，就不该走九十九步！明天还有明天的事情要做，你们先去休息吧！"说完，他又低头看起文件来。

时针悄悄地指向了 12 点，任弼时在地图上画下了最后一个红圈，伸手把桌上的台历翻过了一页，心里一件一件地计划着第二天的工作，他感到越来越疲惫，习惯性地用手支着头，想继续工作，但是，头越来越重。

此时，东方已经是朝霞满天，埋头工作的任弼时突感不适，他用手拼命地支撑着想站立起来，却一下昏倒在了自己的办公桌上，他再也没能醒过来。就这样，46 岁的任弼时带着对党和人民的无限忠诚和热爱，走完了人生的第一百步，桌子上的日历永远地停留在 10 月 25 日这一页上。

这一页日历，是任弼时同志不忘初心、鞠躬尽瘁的永恒见证。凝望着这页日历，我们仿佛看见一匹党和人民的骆驼，肩负着沉重的担子，走在漫长的艰苦的道路上，没有休息，没有享受，没有个人的任何计较。

（本文为集体写作）

2 百折不挠篇

初心
永恒

北斗在长征路上升起

李瑛　韶山毛泽东同志纪念馆

▲

1934 年 10 月 18 日的于都河畔注定将是一个不眠之夜，毛泽东和他的战友们将从这里开始战略大转移，踏上漫漫风雨长征路。"千军万马江边站，十万百姓泪汪汪。"离别！未知归期的离别！愁绪！不可抑制的悲伤，如同这寒冷的秋风秋雨漫天飘洒！无数的火把将呜咽的秋水映照得通红，映红了赣南百姓的眼，也映红了红军将士的泪！"人非草木，孰能无情"。身为中央苏区的主要开拓者、中华苏维埃政府主席的毛泽东看着这悲凉的情景，听着那凄切的呼喊，心境悲怆苍凉，抬头远眺，只觉夜色苍茫，关隘重重！

一个半月后，红军以巨大的代价突破了国民党四道封锁线。蒋介石亲自坐镇南昌行营，精心策划湘江防线，发布训令："务必将红军歼灭于湘、漓水以东地区！"这是拦截红军的最后一道也是最关键、他最看重的一道防线，11 月 25 日，中共中央、红军总政治部发布抢渡湘江的命令，"我们不为胜利者，即为失败者。胜负关全局，人人以奋起作战的最高勇气，不顾一切牺牲，克服疲劳现象，以坚决的突击执行进攻与消灭敌人的任务。"至 12 月 1 日下午 3 时止，红军除被敌切断未能过江的三十四师和六师一个团外，全部渡过天险湘江！

■ 红军冲破封锁

　　三十四师负责殿后，当他们冲出重围赶到江边时，敌人追兵已到，所有渡口被封锁，浮桥亦被炸毁，桂军从侧翼攻来，对面，是湘军密集的炮火，破釜沉舟，只能掉头，拼死一战！几千英雄男儿的鲜血顷刻间将江水染红，"昔闻湘水碧如染，今闻湘水胭脂痕"，师长陈树湘与士兵们身陷重围，奈何寡不敌众，激战四天五夜，弹尽粮绝，腹部中弹被俘，却宁死不屈，在敌人的担架上，他断肠取义，壮烈牺牲。第四道封锁线，损失30500人！！革命将要走向何方？12月12日的通道转兵注定成为一个历史的节点，在这次会议上，毛泽东坚定地对李德说："从今天起，红军绝不能再跟你们走。"

　　谁能带领红军走出险境，谁就是当之无愧的强者。遵义会议，事实上确立了毛泽东在红军和中共中央的领导地位。之后，毛泽东指挥了娄山关一战，关系着红军的生死存亡。

　　踏着晨曦，红军战士以大无畏的精神向天险进发，明知山有虎，偏向虎山行！在号角声中，反复冲击险关，直至以树枝石块空枪肉搏，夕阳西下时，始获得最后的胜利，成功占领这座黔北第一关——娄山关关口。毛泽东登上山顶的时候，只觉得夕阳分外鲜红，还未清理完毕的战场，残留的硝烟冉冉飘过，让山坡上的血迹分外刺眼，同样是血淋淋的战争，可是这一次，我们却胜了！5日内，红军以摧枯拉朽之势，连克桐梓、娄山关，28日再占遵义，实现了长征以来最大的一次胜利！在呜咽如诉的号角声中，毛泽东抚今追昔，千言万语，最终化成了一首壮怀激烈的《忆秦娥·娄山关》："雄关漫道真如铁，而今迈步从头越！"

是的，长征是残酷的！毛泽东带领着红军，以鲜血和生命为代价，在敌人的围追堵截中，以团结奋斗、人定胜天的英雄豪情，谱写了不怕困难、视死如归的慷慨悲歌，创造了"革命理想高于天"的奇迹！长征是辉煌的，从此时起，红军找到了自己的北斗星！

（本文作者白晓波）

滴水洞里的人民情怀

庞丹　韶山宾馆·韶山党性教育基地

▲

1966 年 6 月 17 日，一个烈日炎炎的下午，毛主席乘坐的吉姆轿车驶进了韶山冲，在滴水洞一号楼的大门口停了下来。毛主席下了车，深深地吸了一口家乡的清新空气，顿觉心情舒畅。毛主席高兴极了，连声说："是个好地方！"他没有一点倦意，领着大家在一号楼前那不太宽敞的水泥

■ 韶山滴水洞

■ 韶山水库

坪里绕着圈子，一个劲儿地仰视两边的高山，不时指指这边，看看那边。看来，他非常喜欢这个世外桃源。他指着右边的山脉说："那里是牛形山，细（小）时候，我到外婆家去，就是走的这条山沟。东北边那个大石鼓，过去常有老虎到石头上乘凉，所以叫虎歇坪。我的祖父就葬在那块地方。"又走了一圈，毛主席似乎忘记了进屋休息，又滔滔不绝地说开了，"细（小）时候，我经常来吊（滴）须（水）洞，跟小伙伴们摘野果子，打耍架子，可真有意思哩……"往日沉寂的滴水洞，此刻弥漫着一片欢声笑语，它浸润着伟人的慈祥，那炽热的人民情怀感染着在场的每一个人。

毛主席这次回乡是秘密的，对外界一律未发消息。在这儿居住的 12 天里，毛主席深居简出，除了阅看审批从北京、长沙通过机要送来的文件、资料和报纸，静静地思考党和国家以及国际一系列重要问题外，就是散散步，和工作人员聊聊天，在附近山间田野走走。

6 月 18 日晚，韶山下了一场暴雨，毛主席几乎通宵没睡，第二天他起了个大早，径直往山口走去，他想这雨下得真不是时候，急切地担心着丰收在望的稻子，定要去看看田间水稻的情况。沿途警卫人员和医生多次劝阻："主席，别往前走了。""主席，这里风大，您会着凉的。"在水库坝基上，心事重重的毛主席站了一会儿，深情地、久久地凝视着水库坝下的田野和村庄，叹了口气说："唉，又是此路不通！"毛主席是多么想见见他的父老乡亲，聊聊家常，听听熟悉的乡音，看看家乡的稻田是否受损，村民生活可有困难……

6月22日下午，毛主席终于与家乡的青山绿水有了一次最亲密的接触，在随行人员的陪同下，他兴致勃勃地来到了韶山水库游泳，他欣赏着韶山水库山水相映成趣的景色，心情很好。游到岸边，主席用香皂擦得满身是泡沫，一头扎进水里洗干净，上来又问服务员要香皂，继续擦得满身泡沫，又钻进水里，他一边洗一边诙谐地说："我要多洗一点肥料，给老百姓下田。"滴水洞的山水间荡漾着毛主席与随行人员的朗朗笑声，舒舒服服地游了近一个小时，毛主席才上岸。

毛主席不仅穿戴不讲究，吃得也非常简单，而且用餐从不铺张浪费。当年滴水洞的工作人员记忆犹新，毛主席一日只吃两餐，时间分别为下午两点，晚上11点。每餐不超过四菜一汤，菜的分量很少，他曾说："菜吃不完，就倒掉浪费了，热一热还可以吃嘛！"当年在滴水洞为他做菜的湘菜大厨石荫祥同志还保留了一份菜谱，上面写着：红烧鲫鱼、火焙米虾炒辣椒、清炒马齿苋、苦瓜烧肉、米饭二两、烤玉米1个。据他回忆，有时或加点面条，即使来了客人最多加两道菜，绝不超过这个标准。有一天，石师傅特意为毛主席做了一份具有韶山特色的新鲜菌子，可端上餐桌后他才发现菌子没洗干净，里边还有白色的小虫，师傅既惭愧又担心，没想到主席却爽朗地笑着说道："没事的。不干不净，恰哒冒病（吃了没病）哟。"就此化解了在场工作人员的紧张与不安。

6月26日，毛主席在一号楼接见了湖南省委、湘潭县委的负责人，听取他们的工作汇报。这是毛主席在滴水洞居住期间仅有的一次接见。当时，湖南省委请毛主席为刚刚竣工通水的韶山灌渠第一期工程题字，毛主席神色有些严肃，摇了摇头说："要高产才算，灵了再写。"后来得知韶山灌渠工程在湘潭、韶山等市县 100 多万亩农田灌溉中发挥了很好的作用，收到了效益，毛主席露出了满意的笑容，符合当年说的"高产"和"灵"的要求了。毛主席题字绝不是随意之作，也不是有求必应，自有他的规矩和分寸。在听取工作汇报、研究工作时，是一丝不苟、十分严肃的，但在广大群众面前，他是一个笑容可掬、慈祥的长者。有一天他看到服务员郭国群工作之余在学习，便对她给予了称赞与鼓励，还在书本上为她题字："努力学习。"

时间总是过得飞快，6 月 28 日，是主席离开滴水洞的日子，又要起程到武汉。毛主席从一号楼走出来亲切地向随从人员、工作人员问候致意并合影留念。警卫员打开了毛主席的车门，毛主席仍然不想离去，他对大家说："你们都要走吗？要走，你们先走，我还要坐一下子……"之后从前坪回到一号楼客厅的沙发上坐了下来，这一坐，就是十多分钟，他不停地环顾四周，仿佛要把一号楼的一砖一瓦、一草一木都记在脑海里。服务员知道毛主席舍不得离开，立即给他沏上了一杯茶，毛主席品尝着家乡的韶峰云雾茶。

归来的游子，又将远行了，这一次没有父老乡亲的欢送，没有至亲之人的话别，有的只是古稀老人落叶归根的深切期盼。"我还要回来的！"这是主席对故乡山山水水说的最后一句话。

毛主席离开我们已有 40 多年了，今天的滴水洞，来自全国各地的游客仍是络绎不绝。他们为追寻伟人足迹而来，他们为缅怀伟人功绩而来，他们为感悟伟人风范而来。历史不会忘记毛泽东，人民永远爱戴毛主席。在他辉煌的一生中，祖国是放大的故乡，故乡是缩小的祖国，家国一体，为民情怀，伟人风范，与世长存。

（本文为集体写作）

一封未曾寄出的信

郑天晓　杨开慧纪念馆

▲

　　1920 年冬天，杨开慧提着一个小木箱子来到了毛泽东在一师附小的教员宿舍，就这样以同居的方式宣告二人的成婚。婚后的日子幸福而充实，共同的理想与信念使这对夫妻从生活伴侣到事业同志，成了经典的"红色恋人"。即便是在那样动荡的岁月里，长沙清水塘 22 号这间小小的屋子里也总是洋溢着幸福和快乐。特别是 1927 年大革命失败后，毛泽东同志远行湘赣边区领导秋收起义，杨开慧回到家乡板仓。关山远隔，音讯全无，但是杨开慧对丈夫的"忠"和"爱"是不变的，她把这种"忠"和"爱"放在自己的心底，也流淌在自己的笔尖。

　　1928 年，杨开慧已经许久没有收到丈夫的来信，当浓寒刺骨之时，触景生情，想到远方的丈夫一定是在恶劣的环境中备尝艰辛，她心潮起伏，思绪万千，写下长诗《偶感》：

　　　　天阴起朔风，浓寒入肌骨。念兹远行人，平波突起伏。足疾已否痊？寒衣是否备？孤眠谁爱护？是否亦凄苦。书信不可通，欲问无人语。恨无双飞翮，飞去见兹人。兹人不得见，惆怅无已时。……

■ 毛泽东和杨开慧

　　毛泽东离开板仓时还是 8 月底，那时他穿着单衣，而这个时候已是深冬了，他是否有件过冬的寒衣呢？独自一人奔走忙碌，是不是像我一样感到凄苦呢？现在信又寄不出去，想问一问又无人答应。我真恨不得有一双翅膀，飞到那里去见我亲爱的人。

　　虽然杨开慧万分想念丈夫，但为了革命事业、为了三个孩子，她终究没有前往井冈山。但是思念之情，却随着时间的推移越来越浓。

　　又是一年冬天到了，天寒地冻，北风怒吼。长沙一带特务横行，白色恐怖愈加严重。丈夫已经大半年没有任何消息，担心和忧虑缠绕着她。

　　润之：

　　　　几天睡不着觉，无论如何，我简直要疯了。许多天没来信，天天等。眼泪……我不要这样悲痛，孩子也跟着我难过，母亲也跟着难过。简直太伤心了、太寂寞了、太难过了。我想逃避，但我有了几个孩子，怎能……五十天上午收到贵重的信。即使你死了，我的眼泪也要缠住你的尸体，不会放松。

这封信被发现的时候，字迹有些缺失，有些语句并不连贯，但这并不影响信中情感的表达。信中所说的"贵重的信"，是毛泽东与杨开慧分别当年毛泽东用暗语写下的。信中说他们出门后，生意一开始不好，现在好了，兴旺起来了。杨开慧收到信后，欣喜万分，立即回信。但秘密交通被敌人斩断。这成了他们唯一的一次通信。就在几个月前，杨开慧在《国民日报》上，看到朱德的妻子被杀害后挂头示众；得知好友向警予在赴刑场的路上，还受着酷刑；闺蜜郑家意，在无法站立的

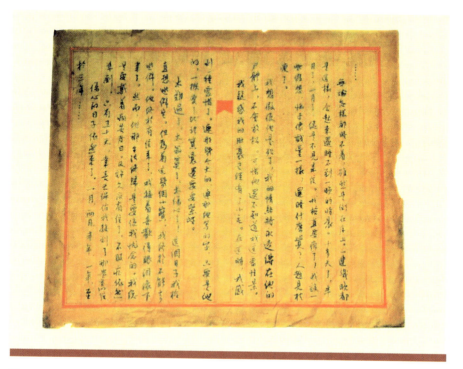

杨开慧写给毛泽东的信

情况下，被敌人用笆篁抬到了刑场。一排枪口，对着笆篁，频频点射。分别两年后，极度的思念和白色恐怖笼罩着她，她总觉得，死亡，如影随形。

　　你是幸运的，能得到我的爱，我真是非常爱你的哟！不至于丢弃我吧？你不来信一定有你的道理。普通人也会有这种情感，父爱是一个谜，你难道不思念你的孩子吗？是悲事，也是好事，因为我可以做一个独立的人了。我要吻你一百遍，你的眼睛，你的嘴。昨天我跟哥哥谈起你，显出很平常的样子，可是眼泪不知怎样就落了下来，天！我为什么要这样爱你？我要是能忘记你就好了，可是你那美丽的影子隐隐约约地站在那里，凄清地看着我。谁替我把信寄给你，因此得到你的回信，谁就是我的恩人。

　　天哪，我总不放心你！只要你好好地，属我不属我都在其次，天保佑你罢。今天是你的生日，我格外不能忘记你。晚上睡在被子里，又伤感了一回。听说你病了，而且是积劳的缘故……没有我在旁边，你不会注意的，一定要累死才休！你的身体实在不能做事，太肯操心。天保佑我罢，我要努一把力，只要每月能够赚到六十元，我就可以叫回你，我不要你做事了，那样随你的能力、你的聪明，或许还会给你一个不朽的成功呢！

　　又是一晚没有入睡。我不能忍了，我要跑到你那里去。小孩，可怜的小孩，又把我拖住。我的心挑了一个重担，一头是你，一头是小孩，谁都拿不开。我要哭了，我真的要哭了！

　　这封手稿中的话语断断续续，却又情意绵绵。在那动荡的岁月中，杨开慧只能日日思念、夜夜期盼，思念着远行的丈夫、期盼着革命的胜利。有人说，杨开慧是不幸的，她在花季年华捐躯殉国，都没来得及看到三个年幼的孩子长大成人；也有人说，杨开慧是幸运的，她人生最美好的时候遇到了与自己志同道合、同舟共济的爱人。无论后人如何评论，杨开慧从未后悔自己的选择，至死不渝。

这些尘封已久得以重见天日的杨开慧烈士手稿，是杨开慧烈士在她人生的最后三年中留给后人非常珍贵的文字。这些文字，让我们得以走进杨开慧烈士的内心世界去追寻作为一名革命者，作为一名共产党员，作为一位妻子，作为一位母亲的心路历程，去感受她的忠诚、她的坚强、她的无私、她的伟大。

为人民而生　为人民而死

付娟　南丰桔文化旅游产业集聚区

▲

　　赵醒侬，1892 年出生于江西省抚州市南丰县城南一个贫寒家庭，1921 年在上海加入中国社会主义青年团，1922 年在上海加入中国共产党，是南丰县最早的党员代表，是中共江西地方党团组织的创始人，与袁玉冰、方志敏并称为大革命时期的"江西三杰"。

　　赵醒侬，原名性和，乳名细禾，五四运动爆发后，改名醒侬，以示自己救国救民之决心。赵醒侬的父亲是个裁缝，在苛捐杂税、地租利钱的勒索和盘剥下，一家人的生活很是艰苦。幼年时，赵醒侬断断续续在私塾里念了几年书。后因家中变故，无奈中止学业。辛亥革命爆发后，南丰成立县立高等小学。赵醒侬年纪不小，科举考试又已废除，他思忖了好久，还是决定和许多剪掉辫子的青少年一样，报考这所新式学校，学习新知识。可是，生活重担像大

■ 赵醒侬烈士

山一般不给赵醒侬喘息的机会，尚未毕业的他不得不再次辍学，背井离乡，流落至汉口、长沙、常德等地当学徒。当学徒的日子很是难熬：每天要劳动 10 多个小时，晚睡早起，半饥半饱，夏日要为老板打扇，公事完毕还要为老板抱小孩，倘若小孩哭起来了，免不了挨一顿藤条或竹板。几年后，他以"惨侬"为笔名，写下了《我做学徒时底苦况》，记下了这段痛苦难忘的学徒生涯。

不堪压迫的赵醒侬，颠沛流离地来到繁华的上海。初到上海，赵醒侬想上学，交不起学费；想找工作，无人理睬。为了活命，赵醒侬只好每日沿街叫卖报纸，夜里蜷缩在小菜场里休息。有时遭遇巡捕驱赶，他只好整宿在大马路上来回踱步。后来，在几个朋友的帮助下，赵醒侬在一家小商铺里当了伙计，但日子依旧过得凄苦。

1919 年五四运动爆发，赵醒侬心情激动，他从这场波澜壮阔的斗争中看到了民族解放的新希望，唤醒了心中炽热的革命激情。他毅然将原名"性和"改为"醒侬"，表示自己觉醒的决心，以明心志。

1920 年 7 月，赵醒侬怀着"为伙友谋幸福，谋大团结"的愿望，加入上海工商友谊会，经常为该会刊物《上海伙友》撰稿，号召伙友们团结起来，改造社会。这时，江苏省立第二师范开办了附属职业补习学校，赵醒侬入校学习，他像海绵汲水一样汲取知识，开始大量阅读马克思主义书籍和共产党人创办的刊物，逐渐确立了对共产主义的信仰。

1922 年冬，为加强对江西革命的领导，赵醒侬受中国共产党和社会主义青年团中央的委派，从上海赴赣筹建江西地方团组织工作，从此刻开启了他在江西的革命生涯。他先后担任中国社会主义青年团南昌地方执行委员会委员长，中共南昌支部干事会书记兼组织干事，中共江西地方执行委员会组织部长，国民党江西省临时执行委员会执行委员，国民党江西省党部执行委员、组织部长，先后在上海、江西等地从事革命活动。

他为了革命，不顾个人安危，把生死置之度外。1925 年 12 月，国共

■ 赵醒侬烈士石像

合作后的国民党江西省党部正式成立，赵醒侬赴广州出席国民党第二次全国代表大会时，在南昌牛行车站被捕。由于党组织的营救和强大舆论压力，赵醒侬被关押了3个月后获释出狱。出狱后，赵醒侬不顾体弱，冒险继续从事革命活动。北洋军阀赣军总司令邓如琢加紧摧残革命力量，南昌城内陷入一片白色恐怖中。有人劝醒侬转移，他严词拒绝："我负有责任，不能隐蔽，准备牺牲。"并加紧联络工作，做好迎接北伐军的准备。1926年8月，北洋军阀在南昌百花洲再次逮捕了积劳成疾、正在病中的赵醒侬，北洋军阀江西警备司令刘焕臣审讯赵醒侬，用尽各种酷刑，他大义凛然，坚强不屈，未泄露党团组织半点机密。北伐军逼近南昌，邓如琢感到末日将临，悍然下令以"宣传赤化，图谋不轨"的罪名杀害赵醒侬。

　　1926年9月16日凌晨，囚禁在军法处的赵醒侬被叫醒。在昏暗的灯

■ 醒侬公园烈士纪念碑

■ 醒侬公园石碑墙

光下，他见军警林立，知道敌人要下毒手，便要求写下一份遗书，竟遭蛮横拒绝。敌人将他五花大绑，秘密押到南昌德胜门外的一块芝麻田里。面对敌人的枪口，他昂首挺立，从容不迫，高呼："打倒帝国主义！打倒军阀！"凄厉的枪声撕碎了人们的心，烈士的鲜血犹如朝霞洒遍了大地。他为革命事业献出了 34 岁宝贵的生命。

赵醒侬英勇就义后，江西的马克思主义宣传家袁玉冰在中共中央《向导》周报撰文悼念赵醒侬同志，称他为"江西党的组织者""江西民族革命运动的先锋"。方志敏也赋诗《祭醒侬》，并称他是"在江西，为争取中华民族独立解放的革命运动的第一个牺牲者"。1945 年，写入《死难烈士英名录》。中共七大闭幕后，在中央党校大礼堂举行中国革命死难烈士追悼大会，毛泽东题挽词："死难烈士万岁"，挽联："为人民而生，为人民而死，你们的事业永与人民同垂不朽；为胜利而来，为胜利而去，我们的任务是向胜利勇往直前。"中共七大全体代表《祭文》说："中国革命不会忘记赵醒侬，江西人民不会忘记赵醒侬。"

共产党籍不可牺牲

易乐　湘南学联纪念馆

▲

在湘南学联纪念馆的馆藏文物里有一张属国家一级文物的黑白照片，这是一张蒋介石与黄埔陆军军官学校第一期优等毕业生的合影，拍摄于 1925 年，第一排中间的是校长蒋介石，而蒋介石右边的这位便是蒋先云。透过这张照片，我们可以想象得出，23 岁的蒋先云不一般。他在黄埔军校学习期间，从入学开始一直到毕业考试，囊括了所有科目考试的第一，创造了黄埔军校史上一项项"后无来者"的奇迹。廖仲恺曾惊叹说蒋先云是军校中不可多得的人才。蒋介石十分青睐他，说："将来革命成功后我是要解甲归田的，黄埔军校这些龙虎之士，只有蒋先云才能指挥。"毛泽东也十分欣赏他。中共一大结束后，毛泽东从上海回到湖南，在夏明翰的陪同下，第一次来到衡阳的湘南学生联合会指导工作，发展的湘南地区第一批党员中就有蒋先云，可见蒋先云是多么出类拔萃。

1902 年，蒋先云出生在湖南新田县大坪塘乡一个没落的世代书香之家，三四岁时他的母亲便教他读书识字，经常给他讲薛仁贵征东、岳飞抗金等爱国故事，这些故事深深地烙印在他脑海里，也养成了他疾恶如仇的性格。蒋先云的大哥叫蒋先烈，一生跟随孙中山先生革命，是同盟会早期

■ 蒋介石与黄埔陆军军官学校第一期优等毕业生合影，中间为蒋介石，左二为蒋先云

会员，1913年因从事反对袁世凯复辟帝制的活动被杀害在武昌。从那时起蒋先云就暗暗发誓，将来也要像大哥一样，以天下兴亡为己任。从此他走上了革命道路。

1921年10月的一天，在衡阳来雁塔旁的河岸边，从一叶扁舟上走下一位身着蓝布长衫、身材高大、气宇轩昂的年轻男子，只见他在岸边伫立片刻，便向着湖南省立第三师范学校走去。早已在垂柳下等候多时的蒋先云快步迎了上去，紧紧握住年轻男子的手说："毛先生，真赶早啊！"毛泽东笑呵呵地说："东方欲晓，莫道君行早。你才是早行人啊！"早行人蒋先云不由想起自己这些年的革命斗争生涯。1917年，年仅15岁的蒋先云跳级考入湖南省立第三师范学校，在学校他组织了数十位爱国学生成立了学友互助会，传播进步思想，编辑月刊《嶷麓警钟》，宣传新文化运动。五四运动爆发后，他和夏明翰等人组织发动了湘南24县的学生积极响应，举行罢课，游行示威声援北京。一桩桩一件件，历历在目，早已引起了毛泽东的密切关注，作为湘南学联第三、四届总干事，湘南地区优秀的学生运动领袖，中国社会主义青年团湖南三师支部重要骨干的蒋先云，他的思想觉悟、学识水平和组织才能得到毛泽东充分肯定，由毛泽东同志介绍，中共湘区委员会审查，蒋先云、夏明翰、贺恕等 6 名同志加入了中国共产党，成为湘南地区第一批共产党员。面对鲜红党旗，蒋先云热泪盈眶，他举起右手庄严宣誓，那一刻他决心为共产主义奋斗终身。

为更好地寻求救国救民的真理，1924 年 3 月，接受党组织的安排，蒋先云报考了黄埔军校，成为黄埔军校第一期学员。8 月，中共黄埔军校特别共产党支部成立，蒋先云当选为第一任支部书记，在当时国共两党争夺优秀青年人才异常激烈的情况下，中共黄埔军校特别党支部从 600 多名学生中发展了周士第、徐向前、张际春、袁仲贤、王尔琢、左权等一批优秀共产党员，可谓人才荟萃。1925 年初，蒋先云从军校毕业后留校担任了校长蒋介石的秘书。2 月，蒋先云跟随蒋介石参加第一次东征，两次负伤；6 月参加平定"杨刘"叛乱中，蒋先云只身带领一个连冲进广州市中心，直接攻占叛军总指挥部，立下奇功；8 月参加第二次东征，蒋先云在 3 次负伤的情况下，率领一支敢死队一举攻克了"历史从未被攻克过"的惠州城。

蒋先云以他卓越的军事才华和赫赫的战功深得蒋介石的器重，迅速晋升为少将。那一年，他才 23 岁，算是少年得志。可是他却信仰笃定、刚正不阿。1926 年 3 月 24 日的中山舰事件后，蒋介石假革命、真反共的面目开始暴露。一天，他亲自召集共产党员开会，问："谁愿意退出共产党，留在国民党？"留在国民党才能继续留在军队。可令蒋介石万万没有想到的是，第一个站起来反对的竟是自己的得意门生蒋先云。只见蒋先云站起来，坚定地说："我退出国民党，留在共产党。"那一刻蒋介石十分狼狈。他以"中将教育长"的军衔做条件再三劝说蒋先云留在国民党。蒋先云毅然回答："脱离共产党，就是叛变革命，'头可断，而共产党籍不可牺牲'。"说完，拂袖而去。

1927 年 5 月，武汉国民政府决定继续北伐。5 月 28 日，一场北伐军与奉系军阀之间的激战在河南临颍打响。时任国民革命军第十一军二十六师七十七团团长兼党代表的蒋先云率领着一支血气方刚的国民革命军向奉系军阀占领的阵地发起一次次冲锋。

蒋先云

"不好，团长，你中弹了。"副官在一旁大喊。但蒋先云毫不畏惧，仍然一马当先，向前冲锋。可是不甘心失败的奉军负隅顽抗，密集的子弹像雨点一般倾泻而来。

"团长，快闪开。"副官话音刚落，又一颗子弹击中了蒋先云，这一次他人马俱翻。只见蒋先云费劲地把脚从马镫里抽出来，不顾浑身鲜血直流，抢过副官手里的战马缰绳翻身跨了上去，又一次向前冲锋。

就这样三仆三起，最后一次，蒋先云伸出双手想紧紧抓住缰绳时，可是他永远地倒了下去……

毛泽东得知消息后，悲痛不已。周恩来在武昌亲自主持了蒋先云同志的追悼大会。党的机关刊物《向导》也全文刊载了《悼蒋先云同志》的悼词。

蒋先云，这颗黄埔军校史上最耀眼的明星却如同灿烂流星划过夜空一般，就这样过早地陨落了，他虽然只活了短短的 25 年，他那不慕名利、坚定的信仰将永远镌刻在共和国的丰碑上。

（本文作者伍莉兰）

一副眼镜里的赤胆忠心

张译心　湘南学联纪念馆

湘南学联纪念馆的馆藏文物中有一个铁皮盒，铁皮盒里装有一副不同寻常的白色银质眼镜，这副眼镜的主人就是夏明翰。

关于夏明翰与眼镜有一个鲜为人知的"夏明翰指挥抓夏明翰"的故事。

马日事变后，秋阳如火的一天，快近中午的时候，夏明翰戴着一副银丝边眼镜、身穿一件崭新的乳白色纺绸长衫，化装成商人的模样。爱人郑

湖南学联纪念馆珍藏的夏明翰的眼镜

家钧穿得也很华丽，身穿花旗袍，高跟黄皮鞋，还撑着一把精制的花洋布伞，小李帮他拿着公文包，三人从长沙出发，一路快速地走着，来到一个三岔路口。只见一片断壁残垣，荒野凄凉，不远处，有哭喊声、吆喝声。这情景引起明翰的高度警惕，叫家钧和小李停一停再走。家钧坐到一个石板上，小李四处张望，发现不远处的断墙上贴着一张布告。"你们快来看这个！"小李轻轻地呼唤着。明翰和家钧走近断墙，小李立即念道："查有夏匪明翰，籍贯湖南衡阳。年龄二十六七，身材瘦瘦长长。该匪横行无忌，力图暴动猖狂。缉令捉拿归案即赏两千大洋……"

夏明翰一阵大笑，风趣地说："承蒋介石、何键看得起，我的头这么值钱啊！"小李说："长沙满城都贴了，谁捉了毛泽东赏三千元，捉了李维汉、郭亮、你，都赏两千元，连报信的都可以赏五百元！"家钧看到布告，心里有些不安，她想，反动派既然在这个地方贴了布告，就一定会常在这地方巡查。她小心而又着急地催促着往前走。

小李向山坳里探望了一下，突然对他们说："有人来了、看样子像便衣特务。"家钧很着急，夏明翰想了想，不慌不忙地采取了应急措施。他把眼镜收到内衣口袋里，要家钧和小李在一旁把公文皮包拉开，似乎是要拿什么东西，明翰自己很淡定地看着断墙上的布告。

两名便衣特务鬼头鬼脑地窜了过来，看了一下家钧和小李，然后盯着夏明翰狡诈地问道："干什么的？"

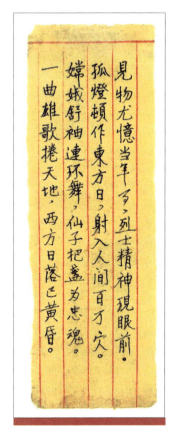

见物尤忆当年夕，列士精神现眼前。
孤灯顿作东方日，射入人间百万穴。
嫦娥舒袖连环舞，仙子把盏为忠魂。
一曲雄歌捲天地，西方日落已黄昏。

■ 夏明翰妻子写的诗

"湘潭大绸布庄经理。"

"姓名。"

"敝姓陈。草字日羽。日月的日，羽毛的羽。"夏明翰用这名字是有意思的，他母亲姓陈，日、羽二字是从"明翰"两字中拆出来的，他秘密去湘潭也曾用过这个化名，所以很自然地说了出来。

特务指着家钧问："那位呢？"

"我的太太。"夏明翰介绍似的回答。

"去哪里？干什么？"特务又向夏明翰逼过来。

"平江，收买夏……"

特务以为说起他要追捕的对象，仔细听着。

"夏布……"明翰说的是布，特务听了冷了半截，改变了口气说："啊，平江的土特产，好，你们在这里休息？"

"歇个气。看布告。"

"你知道这个人？"特务指着布告问。

"你是说……夏明翰。"

夏明翰故意戏弄着说："听说是个戴深窝子眼镜的教书先生。"

"对了，我们知道这家伙的特征，不戴眼镜就走不得路，认不清字。"

特务对夏明翰的眼睛有了怀疑，想试试他的眼力，故意拿出一支烟凑近夏明翰："请抽烟。"

夏明翰已明白对方用意。机敏地也掏出一支烟，递过去："抽我的!"

特务一计不成，又生一计，贼头贼脑地打量着夏明翰和郑家钧，心想，夏明翰在农村活动，不会穿得这么洋派，如今到处张贴布告，他更不会与太太同行，也不可能会有这样穿着华丽、姿态优雅的太太。但从这个人的特征来看，除了没有戴眼镜以外，身材高矮、年龄相貌都与布告上的人非常相像，于是，便决定考验夏明翰，看看是不是近视眼。

"陈经理，布告上面这是两个什么字？"特务以为他这一招数很高明，

■ 夏明翰夫妇

是测验近视眼的最好办法。这时，在一旁的家钧和小李提心吊胆，要是夏明翰说错一个字，就要露出真相，就要被敌人抓走！

夏明翰知道特务是想试试自己的眼力，要是他事先没有看过，的确一个字也看不清。但是只要夏明翰看过一遍，他是过目不忘的。因此，故意站得远远的，很有把握地说："哦，你不认得字？好，我念给你听听：'查有夏匪明翰，籍贯湖南衡阳。年龄二十六七，身材瘦瘦长长'，怎么样，念得对不对？"

"对，对！陈经理眼力很好，学问很深嘛！"

家钧也松了一口气，但她还怕另生枝节，便故意娇滴滴地催促夏明翰往前走。

夏明翰吩咐小李往前走。

但特务还不死心，又诡计多端地缠住进行盘问："陈经理，今早从哪里动身？"

"长沙市。"

"哪条街？"

"司门口。"

"哪家公寓？"

"公安局。"夏明翰看穿特务的心计，也就按照事先想好的办法对付。

"住在哪一家？"

"彭局长公馆。"

对方一听"彭局长"三个字，连忙弯腰，面带笑容："失敬，失敬！您和彭局长是……"

"郎舅至亲！要不要看护照？"夏明翰看到特务有些胆怯，便进一步迷惑敌人，"小李子，拿护照给他看！不过，看你的打扮和口气，像是军事厅缉查处的，你们周处长原是彭局长的部下，想必你是知道的。"

家钧也配合着说："我们小姑姥爷当了公安局长，怎么他手下的人，连舅老爷也不相信！真是混账王八蛋。"

小李从身上摸出一个大信封，亮了一下，并催促那个便衣特务赶快看。特务对夏明翰再也不怀疑了，反倒觉得大水冲了龙王庙，自家人不认得自家人了，于是便连连点头哈腰地道歉。

为了把敌人调开，引向歧路，夏明翰告知两个笨蛋说："夏明翰和我什么都很像，就是眼睛不一样，他是近视眼。想抓住他，快快去长沙。"

特务被夏明翰迷惑得深信不疑，毕恭毕敬地听了夏明翰的指点以后，转而向长沙方向走去。特务走远后，小李子向夏明翰伸出大拇指，心领神会地说："好一个夏明翰指挥抓夏明翰。"

新中国成立后，夏明翰夫人郑家钧作诗："见物尤忆当年事，烈士精神现眼前。孤灯顿作东方日，射入人间百万家。嫦娥舒袖连环舞，仙子把盏为忠魂。一曲雄歌卷天地，西方日落已黄昏。"

夏明翰外孙张朴说"见物尤忆当年事"，就包含这副眼镜。外祖父当年留下的遗物很少，因为湘南学联是外祖父走上革命道路的初心之地，1974年，外祖母就将其中一副眼镜送给了湘南学联纪念馆珍藏。我们今天看到的夏明翰的眼镜，承载的不仅是对无数先辈的思念，更承载着夏明翰和无数先烈对党的赤胆忠心。

（本文作者伍莉兰）

面对酷刑不屈服

▲

　　张龙秀，1872 年出生在江西遂川一个封建地主家庭，尽管家庭较为富裕，但受男尊女卑思想的影响，父母亦未让她上学读书，严守封建

■ 张龙秀塑像

礼教的母亲给张龙秀缠了一双小脚。直至19岁时，听从父母之命，嫁给了盆珠乡大屋场一个即将破产的小地主、前清秀才陈治安。婚后，夫妻和睦恩爱，先后生下儿女7人。她一心一意帮助丈夫操持家务，竭尽全力教养孩子，为人善良忠厚。

可是天有不测风云，1916年冬，丈夫由于过度劳累，不幸一病不起，过早地离开人世。一个8口之家的重担就落在张龙秀肩上。在万般无奈之下，将3个未成年的女孩送与他人，她带着陈正人兄妹4人艰难生活。

■ 张龙秀之子——陈正人

1928年1月，毛泽东率领工农革命军攻克遂川城。陈正人随即从万安回到遂川，担任了遂川县第一任县委书记。在工农革命军的推动下，城乡上下迅速掀起了打土豪、斗地主、闹暴动、建政权的热潮。张龙秀虽然未能亲身投入到这场如火如荼的工农运动中去，但她却看到自己哺养长大的儿子已成为全县工农运动的领导者和组织者了，作为母亲，她内心感到欣慰。

1月底，国民党政府调集部队进攻遂川，镇压工农运动。为保存实力，工农革命军主动撤出遂川城，回师井冈山。在撤离前夕的一天深夜，陈正人抽空匆匆回到家里看望母亲，并告诉她，他要随工农革命军上井冈山了，要她老人家在红军走后，多加保重。张龙秀听罢，心里有股说不出的滋味，望着儿子说不出话来。许久，才含着泪安慰陈正人说："孩子，你就放心去吧，只要你能为穷苦百姓的翻身做事，我就死也瞑目了。"

工农革命军撤出县城没几天，国民党军开始大肆捕杀红军干部和革命家属，通缉捉拿遂川县党、政、军领导人，白色恐怖笼罩城乡。肖、罗两匪为捉拿陈正人等，一面呈电南京国民政府；一面唆使匪徒到大屋场烧杀抢掠，捉拿陈正人母亲及其亲属，妄图以其母为诱饵，迫使陈正人前来投降。

2月8日，匪徒气势汹汹地直逼大屋场。当地群众闻讯，立即设法把张龙秀及其子女送到郭兴腾家里。白匪军来到大屋村后，见陈正人家人去楼空，便恼羞成怒，一把火将陈正人家的房子烧毁，并在各个角落布设侦探，搜查来往过路行人。风声越来越紧，匪徒得到侦探的报告，如获至宝，连夜包围张龙秀住的地方。夜深人静，在一片"汪、汪"的狗叫声中，张龙秀情知不妙，慌忙叫醒女儿，准备出走时，匪徒一伙破门而入。一见张龙秀，便狂笑一声说："老东西，找得我们好苦啊！"随后便用枪托往张龙秀的脚趾骨上狠命一砸，顿时，张龙秀痛晕了过去。匪徒怕情况有变，急忙把张龙秀母女捆绑起来。张龙秀的脚被打断了骨头，不能行走。匪徒就把她绑在两根木杠子上，抬到遂川县城，关押在水南尚义祠的暗室里。

匪首罗普权听说抓到了陈正人的母亲张龙秀，得意忘形地说："好！好！"第二天，罗普权亲自审讯，他先皮笑肉不笑地说："只要你说出工农革命军和遂川党组织的情况，并出面把你儿子陈正人劝说回来，我就放了你。不然的话，就别怪我不客气。"

面对穷凶极恶的匪徒，张龙秀没有胆怯，她坚贞不屈地回答说："你们要了解的情况，我不知道！正人我也叫不回来。现在我落入你们的魔掌，要杀要砍由你们。"

酷刑不能使张龙秀屈服，罗普权无计可施。12日早饭后，一伙荷枪实弹的匪兵押着遍体鳞伤、身体瘦弱、年近花甲的张龙秀前往水南洲背沙坝上，只见她毫不畏惧地走向刑场，匪徒用梭镖在张龙秀身上戳了28个洞，见张龙秀还未死透，又朝她射出了一颗罪恶的子弹，这位英雄的母亲就这样悲壮地为革命光荣地献出了自己宝贵的生命。

（本文为集体写作）

韭菜开花一杆心

罗建梅　井冈山革命博物馆

▲

"韭菜开花一杆心，剪掉髻子当红军，保护个红军万万岁，妇女解放真甘心。"唱词简单，旋律优美，唱出了土地革命时期苏区妇女反对封建礼教、全力支援革命的坚定信念。

当年参加过井冈山斗争的女红军有很多，有大家熟悉的曾志、伍若兰、贺子珍，她们是红军队伍中光荣的女战士。同时还有一批普普通通的妇女同胞在后方努力生产，节衣缩食支援前方，她们用自己的青春热血书写一首首荡气回肠的英雄赞歌。

罗根英就是其中的一位。罗根英出生在井冈山一个贫苦农民家庭，17岁便嫁给谢祥光为妻。结婚后，男耕女织，非常勤劳，却仍过着衣不蔽体、食不果腹的苦日子。然而罗根英却从未有过怨言。丈夫参加赤卫队，她也跟着参加了妇女会，

红色歌谣唱词

经常带领妇女同胞帮红军洗衣服、补被子、削竹钉、熬硝盐，特别积极。1928 年 6 月，罗根英担任西源村的妇女委员会主任。

西源村的妇女会有 70 多人，她们长年累月随红军集体行动，当时条件非常艰苦，她们住的是茅草寮，穿的是树皮缝制的背心，寒冷的冬天手指脚趾被冻得发青发紫甚至开始溃烂，可勤劳的妇女同志却仍然用她们溃烂的双手浸泡在刺骨的冰水里为红军战士们洗衣做饭。艰苦的环境并没有吓倒这些妇女同志，磨炼出的反而是罗根英和所有妇女的革命意志，没有一个人为这样的生活感到悲观，她们心里装着这样的信念：幸福是奋斗出来的，只有跟着共产党才能过上幸福的好日子。

1931 年 5 月，罗根英的丈夫壮烈牺牲，罗根英也不幸被敌人抓住。抓住罗根英的敌人大为惊喜，敌人以为能够从她那里了解到红军的一些情况，便就地"开审"。瘦弱的罗根英被五花大绑，但她眼里并没有恐惧，对于"靖卫团"这些人她早就充满了阶级仇恨，丈夫就是被他们杀害的。当她听到敌人想打探红军下落时，她悲愤地回答："我一个妇道人家，哪知道他们在什么地方？这件事不要来问我！"

凶恶的敌人大声吼道："你天天和共产党的机关在一起，怎么会不知道呢？你要是不愿意说，今天是有你苦头吃的！"

罗根英听了怒斥道："呵呵，无非是个死吧！我丈夫已经死在你们手里，我知道你们也不会放过我的，杀了我吧！"

可恨的敌人居然使出了对付女性最狠毒的手段，一刀割去了她的一边乳房。刚烈的罗根英望着抖动的刺刀，咬紧牙关，闭着双眼，鲜血染红了她的身躯，也染红了她脚下的这块红土地。

敌人万万没有想到罗根英一个普普通通的农村妇女居然和她的丈夫一样顽强不屈。在割她的左边乳房时，敌人见她还在痛苦地呻吟着，丧心病狂的敌人又残忍地割下她右边的乳房。头可断，血可流，浩然正气永存。英勇不屈的罗根英就这样惨死在敌人的刺刀下。她就是井冈山妇女用生命践行革命意志的光辉典范。

　　她不曾拿起枪在战场上与敌人厮杀，也没有遭遇未知的子弹穿过胸膛，甚至没能高呼什么口号，她坦然赴死，向死而生，安静地离开，但她的精神永存，她就像畦田里的韭菜一样割了又生，郁郁葱葱，勃勃生机，为一个时代留下了英雄的样本。回忆历史，我们怎么能够忘记无数像罗根英这样的普通农村妇女对中国革命作出的贡献和牺牲。她们本可以在家相夫教子，做温良的妻子、慈爱的母亲、孝顺的媳妇。然而，在那个苦难深重的年月，她们毅然卸下红装，以柔弱的身躯，谱写了一首首荡气回肠的英雄赞歌。

一把三弦干革命

雷明娟　延安鲁艺文化园区管理办公室

▲

在陕北这片广袤的土地上，有一位土生土长的民间盲人艺术家。在战争年代，他用三弦动员百姓参加抗战与生产；在和平年代，他用三弦鼓舞群众投入到社会主义建设中，他就是三弦表演艺术家韩起祥。

韩起祥出生在陕北横山县的一户贫苦农民家庭里，小名叫多余，家中兄弟姐妹9人。3岁时因患天花导致双目失明，6岁时父亲因病早逝。父亲走了，家里的生活更加举步维艰，母亲为了给儿子寻找活路，就凑钱送他到米脂学习陕北说书。由于他天资聪颖，刻苦好学，很快就能单独演唱。后经师傅允许，在延安、榆林一带以说书为生。

1932年，他在说书途中偶遇了陕北红军将领刘志丹，刘志丹怜悯他赤脚奔波，送给他一双新鞋和4块银圆。就这样他与红军结缘，并将红军的宣传标语藏在三弦壳里，走到哪儿就贴到哪儿。以说书卖艺为名，暗地里宣传红军，成了红军的秘密宣传员。

他的家乡横山属于"红白交界"之地，在这里他受到了白军的压迫，而红军的温暖在他心中久久不能退去，在走乡串户中，他结识了更多的共产党人，逐渐明白共产党是为穷人谋幸福的，他决定到延安去。于是在1940年，他冲破国民党的封锁，连夜来到延安城，用说书来宣传、歌颂

■ 中华人民共和国成立后韩起祥坚持在民间演出

党的恩情。

延安自由、民主的氛围感染着这位盲艺人，在大家的帮助下，韩起祥参加了革命工作，从此尝试编写新书，走上了做新人、说新书、编新书的道路。他致力于陕北说书艺术的创新和发展，就地取材、编写、演唱，将说白、演唱、表演与传统技法相结合，形成中国民间独具特色的说唱艺术。在他的带领下，边区各地开展了轰轰烈烈的改造旧艺人和说新书的活动，陕北说书也成为我党新文艺运动中一支不可或缺的力量。

1944 年 8 月的一天，韩起祥来到桥儿沟，参加县政府召开的"陕北说书讨论会"。会后，他随贺敬之到鲁艺去说书。贺敬之给他讲报纸上的一个在民间广为流传的故事。说是在延安的聚财山一带，二流子和巫神勾结起来，装神弄鬼，欺骗群众。他们晚上趁着大家都睡着后，就把羊血洒在老乡的门上，骗人说是"红鞋女妖精显灵"，搅得村民人心惶惶，纷纷纷离家远逃，这伙人就借机抢劫钱财。韩起祥听了这篇报道后，认为这是一个好素材，马上背起三弦到案发地去了解情况，补充素材，编写唱词。回到延安后，又在鲁艺住了3天。在鲁艺师生的帮助下，他的陕北新说书《红鞋女妖精》诞生了，其中有这样的一段唱词："共产党，会捉鬼，捉的活鬼坐禁闭，共产党，为人民，破除迷信观念新，劝大家不要信鬼神，好日子一定能来临。"唱词用了群众喜闻乐见的语言宣传了破除封建迷信传统观念，受到了群众的热烈欢迎，在延安广为流传。在延安创作的新书本中，除了有像《红鞋女妖

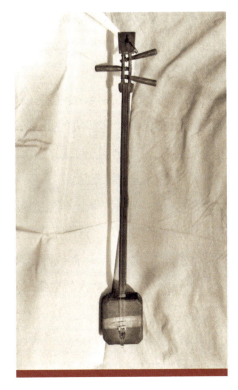

■ 1946年在杨家岭给毛主席说书时所用的三弦

精》这类破除封建迷信的题材，还有反对买卖婚姻的《刘巧团圆》、宣传男女平等的《张玉兰参加选举会》、讲述重庆谈判的《时事传》等多种题材。为表彰韩起祥编演新书的先进事迹，推动新说书运动的开展，《解放日报》曾多次发表韩起祥的作品，报道他的艺术活动。据不完全统计，仅从1945年7月至1946年9月，在短短一年多的时间里，《解放日报》就有21次登载了韩起祥的作品和从艺活动，而1946年的9月就多达7次，平均每四天就有一次他的报道。

由于他始终扎根在人民群众中，他的书本在民间有很大的影响力，党中央领导同志还分别请他去说新书。1946年8月，他受邀到杨家岭去给毛泽东主席说书。毛主席听了他的《张玉兰参加选举会》和《时事传》以

后，称赞道："你的书说得好，你这个三弦不行，将来全国解放后，叫他们好好给你买把好三弦。延安是新书的发源地，将来新书向全国推广。你的群众语言说得好，大概是你长期在农村的缘故，那么今后你还是要长在农村，了解学习工农兵，编写工农兵，演唱工农兵。你多带徒弟，你有什么困难政府会帮助你解决的。"他一直把毛主席的鼓励作为创作的动力，1953 年，在召开全国第二届文代会时，韩起祥作为代表出席了会议，他收到了毛主席送的新三弦。

新中国成立后，韩起祥当选为全国曲艺研究会副主席，1955 年光荣加入中国共产党。对于这个土生土长的陕北汉子来说，"金仡佬，银仡佬，比不上陕北的土仡佬。"他放弃了北京比较优越的生活条件，继续扎根陕北，编写新书，讴歌新人新事新气象。他还举办数百期培训班，培养说书艺人数千名，招收女弟子，打破了女人不说书的旧习俗。

1989 年 8 月 6 日，这位"铁鞋踏遍黄土地，金嗓唱彻碧云天"的人民艺术家与世长辞，享年 75 岁。

韩起祥一生共编创了 570 多篇的说书作品，作为一名盲人艺术家，他同健全的艺术家相比不知要克服多少倍的困难、付出多少倍的心血，但他始终扎根在人民群众中，贴近党的时政方针与时俱进，创作新书本，开创了陕北说书的新纪元。在他的影响下，具有厚重文化积淀和独特艺术风格魅力的陕北说书在 2006 年被列为我国非物质文化遗产。韩起祥一生都在用手中的三弦践行着一位人民艺术家的高尚品质和一名共产党员全心全意为人民服务的宗旨。

永不枯萎的杜鹃花

彭颖　鹰潭市博物馆

▲

在江西革命烈士纪念堂内，存放着《江西省余江县革命英烈名录》，其中有一位被国民党反动派杀害的革命烈士，她就是党的忠实女儿、共产党员、余万区青妇部部长朱春香同志。

朱春香，1912 年出生在余江县画桥乡烈桥村，全家 7 口人全靠父亲卖劳力过日子，家境非常贫困。朱春香 5 岁时父亲就因操劳过度而病死，8 岁时母亲为了替她找条活路，把她送给虾公嘴村一户贫农家做童养媳。

1928 年，共产党员黄道同志来到贵溪县走访，以行医为名在贵（溪）余（江）万（年）边境乡村秘密宣传革命，开展"上名字"活动，组织农民革命团，建立党的组织。16 岁的山里姑娘朱春香，听说共产党要组织穷苦农民闹革命，打土豪、分田地，打心眼儿里高兴。

1929 年底，余江县北乡许多村庄都相继取得了农民起义的胜利，乡村建立起了苏维埃政府。朱春香以青年妇女的满腔热情，积极投入村里的革命活动，站岗放哨，为游击队战士做鞋、补衣。不久，组织上便调她到县苏维埃青妇部负责妇女慰劳队工作。组织上的信任，使她工作积极性更

■ 军民同庆贵溪县苏维埃政府成立

高，经常带领妇女慰劳队为游击队和红军部队送饭送水，帮战士洗衣服，
为伤员洗脚擦身，劝他们安心养伤；同时深入乡村，发动妇女做军鞋，帮
助红军家属砍柴、挑水。

1930 年下半年，她的大哥、南桥乡苏维埃主席朱有成在反击国民党
反动派的"围剿"中不幸被捕，牺牲在百子亭。她把对敌人无比仇恨的心
情倾注在做好革命工作上，用她特有的宣传口才，动员青年参军参战。由
于成绩突出，她被共青团组织吸收为团员。1931 年 2 月，她来到了葛源
少共省委高级训练班学习。在一个月的学习里，她多次聆听了方志敏等领
导人讲授革命知识和开展革命工作的方法和经验，懂得了许多革命道理，
树立了共产主义理想，革命意志更加坚定。

学习结束后，党为了发展游击区，扩大苏区，分派她到余万区任青妇

部部长，负责白区工作。此后，她冒着生命危险机智地出入林家店一带白区村庄，向穷苦农民宣传革命道理，启发群众的阶级觉悟，鼓动他们"上名字"参加农民革命组织。遇上土豪的"挨户团"搜查，她便在群众的掩护下，躲进山林或隐藏在农户家里。在白区工作，不但时刻有被捕的危险，而且生活也极端艰苦。挨饿受冻，甚至在山上过夜都是常事，但她为了革命事业从不叫苦叫累。1931 年 11 月，省军事委员会主席邵式平和红十军军长周建屏率领红军 3 个团和余万区游击队攻打万年县城，朱春香同志带领余万区妇女慰劳队上前线，为红军战士烧茶、送饭，抢救伤员。她的积极工作得到了党组织的好评，就在这年她光荣地成为中国共产党党员。

1933 年 8 月，国民党反动派加紧了对苏区的"围剿"，"赤白交界"的地方到处是敌人的碉堡和关卡，到白区工作更加困难和危险了，可是朱春香想的是革命工作，而不是个人的安危。她克服重重困难继续出没在白区，有时几天吃不上饭，仍然坚持工作，出色地完成了党交给她的任务。

1933 年 8 月 20 日，区委派朱春香带领程桂林、柴凑林和汤国定前往林家店白区执行任务。途中遇上原来一道在余江苏区工作的苏连喜。他假意骗取他们的信任，与他们同行，实际他早已做了可耻的叛徒。下午他们快到苏家桥下洲坂时，苏连喜以进村为大家搞些饭菜为由，向"靖卫团"通风报信。不久，一位老百姓送饭来了。大家正要端碗吃饭，朱春香未见苏连喜一道跟来，心里顿生疑团，眼睛警惕地注视着四周，突然发现远处有 20 多名持枪的便衣正向他们包围过来。在这个关键时刻，她临危不惧，把生留给同志们，把死留给自己，立即命令程桂林、柴凑林带着党的机密文件迅速突围，她和小汤进行掩护。程桂林、柴凑林安全突围了，而她和小汤却寡不敌众，不幸落入敌人的魔掌。

便衣队反绑朱春香和汤国定的双手，将他们押解到苏家桥敌区政府进行审讯。穷凶极恶的敌人，一边用枪托、木棍猛击拷打他们，一边逼问另外两人的下落。朱春香在敌人的淫威面前大义凛然，坚定地回答："要打就打，要杀就杀，要我出卖革命同志，这是你们的痴心妄想！"敌人见朱春香不招，就用绳子把她吊在屋梁上，用鞭子抽，用火烧，她几次昏死过去，又被敌人用冷水泼醒，但敌人从她口中什么都没有得到。她和汤国定被敌人关在区政府牢房，折磨了三天三夜。敌人见二人宁死不屈，又把他们押送到万年县监狱。

在万年县监狱里，敌人对朱春香软硬兼施，逼她招出党的地下组织情况。她紧咬牙关，坚贞不屈，没有吐露丝毫党的秘密。最后，敌人把她押到万年城西门刑场上，在行刑前她高呼："共产党万岁！""苏维埃万岁！"

朱春香英勇就义时，年仅 21 岁。

当年的烽火连天、金戈铁马已经远去。也许时间会冲淡一些记忆，但人们绝不会忘记为革命牺牲的烈士们。无论是在世老兵，还是血染沙场的每一位英烈，都值得我们永远铭记。他们的理想、他们的信念，永远震撼着千万人的心灵。

铁的意志铸就铁的党魂

王婉蓉　遵义市娄山关景区

▲

"风雨浸衣骨更硬，野菜充饥志越坚。官兵一致同甘苦，革命理想高于天。"长征，是一次理想信念的伟大远征。长征路上，党和红军几经挫折而不断奋起，历经苦难而淬火成钢，归根到底在于心中的信仰始终坚如磐石。共产党人有了信仰，就有了精神的寄托、行动的指南和前进的动力。也正是这些拥有无比坚定信仰的共产党人，用一个个不朽的传奇谱写了长征这部伟大的英雄史诗。在这部史诗中，有这样一段故事……

1935 年 2 月，红军长征一渡赤水河后，为了摆脱国民党 10 万川军的围追堵截，毛泽东和党中央决定回师贵州，二渡赤水，重占娄山关，再战遵义城。

娄山关战斗中，时任红三军团十二团政委钟赤兵，不幸负伤，他的右小腿被敌人的子弹击中却依然带伤作战，他

■ 钟赤兵中将

站立困难，就趴在石头上指挥，直到流血过多昏了过去被抬下战场。红军占领遵义城后，医生立即为他治伤，可是，由于钟赤兵没有及时包扎，受伤后又继续战斗，把子弹击中的骨头都扭碎了，医生说，只能马上进行截肢手术。然而红军医院的手术条件极其简陋，没有医疗器械，也没有麻药，可是得做手术啊！于是，就去找了一把农民用的砍柴刀和一把已经断了半截儿的木匠锯子。

医生开始了手术，用锯子上下拉动进行截肢，钟赤兵强忍着剧痛躺在手术台上，紧紧闭着眼睛。手术刚刚进行了 20 多分钟，豆大的汗珠就从他的脸上、身上直往下淌，浸湿了衣裤，但是，他凭着坚强的毅力依旧一声不哼。医生瞅着他，关切地对他说："如果疼痛难忍你就喊吧，这样兴许会好些。"钟赤兵摇摇头没有说话。手术中，他几次疼得昏死过去，又几次在剧痛中苏醒过来，手术一直做了三个半小时，当钟赤兵再一次从昏迷中苏醒过来时，他的右腿膝盖以下就只剩下小半截了，而那时的钟赤兵，年仅 21 岁。然而，手术后，钟赤兵并没有摆脱痛苦，贵州是天无三日晴，又加上医疗条件很差，手术时没有条件消毒，没过几天，钟赤兵的伤口就感染了，他高烧持续不退，又陷入昏迷之中。为了能够把他从死神手里拉回来只能进行第二次截肢。于是，医生们又马上手术，把右腿膝盖以下剩余的部分又截去了。不料，消毒条件不好，伤口仍然继续感染，几天后，医生又狠了狠心，进行第三次手术，把钟赤兵的整条右腿从股骨根部截去了。半个月内，三次截肢，对于一个人来说，是要忍受多么大的痛苦啊！可是，钟赤兵竟然奇迹般地活过来了。

钟赤兵的右腿连"根"都截去了，他虽然保住了命，但伤在短期内却是难以治愈的，而此时红军要继续长征，部队希望他留在地方上养伤，可他坚决不同意，一定要继续长征。在粮食匮乏、没有油盐吃、衣服单薄的艰难条件下，爬雪山，过草地。起初，走平路时战友们用担架抬着他走，遇到悬崖峭壁，担架抬不过去，他就自己拄着双拐前进，每迈动一步，伤口都剧烈地疼痛，有时实在难以拄拐杖通过，他就在地上爬着走。后来，当伤势稍有好转，他就让战友把他绑在马上行军。

可部队进入彝族、藏族聚居区后，当地反动武装不断打冷枪袭击红军，部队不得不尽量隐蔽、疏散行军。钟赤兵为缩小行动目标，坚决不躺担架，硬是咬着牙坚持一个人拄着双拐一瘸一跛地走。过雪山时他硬是没让人抬，自己一点一点慢慢爬，经常从高处滚下来。就这样，钟赤兵凭着坚定的信念和顽强的意志，克服了常人难以忍受的艰难困苦，最终到达了陕北。

他以铁的意志铸造了铁的党魂！

从钟赤兵身上，我们看到了红军战士的铮铮铁骨，看到了共产党人为理想信仰牺牲一切的品质，长征中，无数优秀的共产党员和红军战士，他们浴血奋战，为了民族生存、人民幸福，身先士卒甚至慨然赴死，用鲜血染红了长征的红飘带，换来了中国革命的伟大胜利。牺牲背后，是熔铸于这支队伍的崇高信仰，是永不磨灭的革命信念。如今，他们的身躯早已融入绿水青山，唯信仰和精神永世长存，被一代代人汲取、传承，这正是跨越时空的最好致敬。

戴着手铐写下的家书

管雅丽　南昌新四军军部旧址陈列馆

▲

叔振同志：

我的绝命书及遗嘱，你必能见着。

你不要伤心，望你无论如何，要为中国革命努力，不要脱离革命

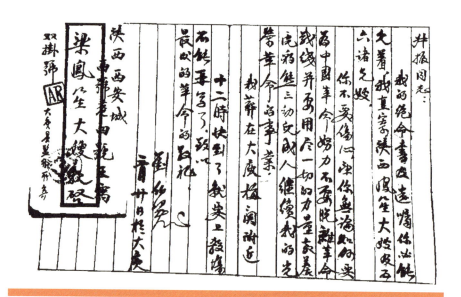

战线，并要用尽一切的力量，教养虎、豹、熊三幼儿成人，继续我的光荣革命的事业。

我葬在大庾梅关附近，十二时快到了，就要上杀场，不能再写了，致以最后的革命的敬礼。

刘伯坚

三月二十日于大庾

■ 刘伯坚

写信的人是刘伯坚，1896年出生在四川平昌县，他是我党我军早期重要领导人之一，被毛泽东誉为"我党我军政治工作第一人"。这封信是他被捕后用铁铐紧锁的手在狱中写给妻子的家书。信中的嘱托，真切、震撼。可他哪里知道，这封家书他的妻子永远都不可能收到了。就在他牺牲的前几天，妻子早已牺牲在福建长汀。

在革命战争年代，许多烈士都在硝烟弥漫的战斗间隙或是在阴森寒冷的牢狱之中用书信的形式传递着自己的革命信念。而这封信，就写于刘伯坚慷慨就义的那个寒冷的夜晚。在生命的最后一刻，他的字迹和平时的手迹一样，工整潇洒，方寸未乱。

第一次国共合作期间，刘伯坚被组织派往冯玉祥部，任国民军第二集团军也就是原西北军总政治部副部长。那些日子，他通宵达旦地工作，积极传播革命思想，秘密创建党组织。1931年12月14日，宁都起义爆发，国民党第二十六路军1700多人，携带全部武器装备加入红军。

宁都起义后，红军力量由原来的 3 万猛增至 5 万，他担任了红五军团政治部主任。

10 月原本是秋高气爽的时节，可是 1934 年的 10 月，中央苏区却充满了离别的愁绪和对未来的担忧。第五次反"围剿"失败后，中央红军进行战略转移，无数红军战士艰难远征，而还有这样一些人，为了策应主力红军转移，他们的生命征程在红军的出发地就已经

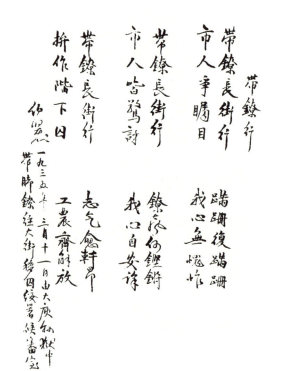

刘伯坚的诗《带镣行》

走到了人生的尽头。这群逆行者们用自己的生命帮中央红军杀开一条血路。走出去的凶多吉少，留下来的更是九死一生。而这些留守红军的队伍也被称为"死亡军团"。

1935 年 3 月，国民党包围中央苏区，在安远鸭婆坑的突围作战中，刘伯坚身中数弹，不幸负伤被俘。

在狱中的 18 天，他连续写下了多封家书，信中写着三个儿子的详细去向，甚至连长大后接受怎样的教育，做什么工作，到什么时候结婚，都事无巨细地交代。在临死前，一位红军高级将领，写到儿子时，洋洋洒洒地记录着孩子们的一切，而正是这种絮絮叨叨彰显了作为父亲对于孩子的爱。

要革命就会有牺牲，为了保护孩子，他的三个孩子被分别送往三个不同的家庭寄养。三个儿子，意味着三次离别。每次离别，都是一种撕心裂肺的痛。一天夜里，他不得不送走二儿子，把他寄养给当地老乡郭婆婆，他亲手将孩子放进箩筐，并在另一只箩筐内放进孩子的衣物和玩具，孩子哭闹着喊："爸爸，你好恶啊，为什么不要我了，爸爸，不要我了。"刘伯坚哄孩子说："等爸爸打败了敌人，一定回来接你。"那天晚上，他把挑着儿子的郭婆婆送了一程又一程。他多想再多看孩子一眼。但从那天后，也意味着他与孩子们的永远分别。

为了打击刘伯坚的意志，国民党故意给身负重伤的刘伯坚戴上一副特大号的沉重脚镣，游街示众。而刘伯坚却昂首挺胸，从容不迫地沿街缓行而过。当天夜里，刘伯坚以满腔激情，在狱中写下了气吞山河的千古绝唱《带镣行》："带镣长街行，蹒跚复蹒跚，市人争瞩目，我心无愧怍。带镣长街行，镣声何铿锵，市人皆惊讶，我心自安详。带镣长街行，志气愈轩昂，拼作阶下囚，工农齐解放。"

1935年3月21日，刘伯坚在江西大庾县金莲山壮烈牺牲，时年40岁。

你是书生，是什么让一个从欧洲留学回国的学子，身披铠甲，战士一般，拿起刀枪，用生命激荡那红色的洪流？

你是丈夫，是什么让你对爱人的柔情埋藏心底，忍受聚少离多，以至她牺牲了，自己都不知道？

你是父亲，是什么能让你一而再、再而三地舍下亲生骨肉，冲向黑暗，为世人寻求光明？

我想，所有的问号，也许能从当年红船上的那次会议找到答案，能从南昌城头的那一声枪响找到答案，能从古田、从井冈山、从伟大的长征中找到答案。

葬在梅关，是你的心愿，你说："站得高，看得远。使我死后也能看到革命的烈火到处燃烧。"

今天，你看到了吗？你的儿女都已长大成人，阳光铺满了祖国的每一寸土地，5G、高铁、桥梁，火箭撞开了新时代的大门，我们正朝着中华民族伟大复兴的梦想前进。今天的景象是否如你所愿?!

三尺龙泉凝壮志

杜双　张家界市永定区湘鄂川黔革命根据地纪念馆

▲

老一辈无产阶级革命家贺龙元帅最爱和群众打交道，他拥有一心为群众的爱民精神。他爱交朋友，广纳义士，在革命生涯中和劳苦大众以及革命志士结下了深厚的情谊。其中有一个人和他的感情超乎常人，那就是在他早年革命路途中一直和他祸福与共、肝胆相照的"三哥"——覃辅臣。

覃辅臣，1882 年出生在大庸县（今湖南省张家界市永定区）教字垭乡一户小有田产的农家。1918 年，他建立起了一支地方武装，开始了保境安民、救世济时的事业，贺龙当时是湘西护法军的营长，两人相互都很仰慕彼此。这一年，覃辅臣击毙了贺龙早就想消灭的永顺土匪朱云吾。贺龙听到消息后赶到覃辅臣家庆功，两人当场结拜为兄弟。覃辅臣比贺龙大 14 岁，排行第三，贺龙认覃辅臣为"三哥"，成为过命的兄弟。

■ "三哥"覃辅臣

从此覃辅臣带着队伍，追随贺龙北伐，走上革命道路。

1927 年 7 月，贺龙任国民革命军第二十军军长。为扩大力量，贺龙派覃辅臣回老家桑植、大庸招兵买马。1927 年 8 月 1 日，南昌起义打响武装反抗国民党反动派的第一枪，当天，覃辅臣就在大庸县响应，带领队伍打进了桑植县城。当时湖南省政府主席何键得到消息后，在全省各县张贴告示，悬赏 1200 块银圆和一支手枪缉拿覃辅臣，并派出两个团围攻覃辅臣。在反动派的疯狂进攻下，覃辅臣的部队遭到重创，他的兄弟、儿子、侄子 7 人都被国民党反动派残忍杀害了。

1929 年 1 月，贺龙率红四军占领桑植县城，覃辅臣带着 300 多人的队伍来到桑植与贺龙会合，继续跟随贺龙闹革命，在桑植、鹤峰两地连打胜仗，覃辅臣也被任命为红四军二路军指挥。1929 年 5 月，国民党"围剿"红军更猛烈，红军给养十分困难，甚至到了吃不上饭的地步，覃辅臣毅然变卖老家的 3 处良田共 20 多亩，得 3000 多块银圆，全部充作军饷。在他的带领下，当地的父老乡亲都纷纷为红军筹粮，帮红军渡过了难关。

1930 年，覃辅臣随贺龙转战湘鄂西，成长为红军队伍里能征善战的指挥员。然而让人痛惜的是，1931 年，夏曦在湘鄂西推行王明"左"倾路线，在"肃反行动"中，覃辅臣的职务被解除。为了保护覃辅臣，贺龙安排他到"湘西王"陈渠珍那里做联络工作，为红军生存发展争取更大的空间。

1935 年 11 月，何键捉拿了覃辅臣，用酷刑逼迫覃辅臣，要他上交银圆，覃辅臣干脆地说："我的家产早就给红军做军饷了。"何键要他将枪和士兵带到国民党来，覃辅臣骄傲地说："士兵和枪支早就是贺龙的了。"在狱中，覃辅臣留下了豪迈诗句："三尺龙泉凝壮志，凭君日后斩蛟鼍！"何键见覃辅臣大义凛然，自己无利可图，一个月后指使狱吏将他毒死，享年 54 岁。

覃辅臣一生致力于变革现实的斗争，是一名对党忠诚的战士，为革命特别是红二方面军的发展和壮大作出了突出贡献；在敌人的酷刑下，他威武不屈，视死如归，表现出了崇高的革命气节。贺龙曾说过："覃辅臣是我最好的朋友之一，他的一生是忠诚于党和革命事业的。"对覃辅臣一生给予了实事求是的评价。

决不放弃真理

肖晴　泰和县文化广电新闻出版旅游局

▲

1940 年 6 月至 1945 年 1 月，国民党反动派为迫害共产党人和爱国进步人士，在江西省战时省会泰和县城郊区设立了马家洲集中营。这里先后囚禁和迫害了廖承志、张文彬、谢育才、吴大可（吴建业）等共产党人和

■ 马家洲集中营旧址

爱国进步人士共计 461 人。这些革命先辈虽然在暗无天日的集中营饱受摧残折磨，但仍坚持与敌人展开不屈不挠的斗争，留下了许多可歌可泣的红色故事。

谢育才，海南万宁人。1926 年加入中国共产党，曾任中共万宁县委书记、中共福建省委常委兼组织部长、中共闽粤赣省委副书记等职。1940 年 11 月，任中共江西省委书记。1941 年 7 月，在吉安因叛徒出卖被捕，8 月上旬被关入马家洲集中营。

在集中营里，特务了解到谢育才的身份后，为了使江西中共组织完全瘫痪，更为了通过他捣毁中共南方工作委员会，加紧了对谢育才的逼供诱降，甚至国民党江西省政府主席熊式辉亲自劝降。但谢育才始终只有一句"绝不放弃真理"，特务无计可施。

敌人见劝降无效，又企图用骨肉亲情来软化谢育才。妻子王勐入狱不久，即在监狱里生下一个男婴，取名谢继强。一家人时分时合，有时将王勐母子关在女禁闭室，有时又把王勐母子与谢育才关在一起"团圆"。并当着谢育才的面对王勐用刑，从王勐手中夺走只有几个月大的婴儿。妻子受刑，弱子被夺，令谢育才肝肠寸断！但这一切都无法动摇他的革命意志。他做好了牺牲的准备，在狱中他向难友表示："革命者为真理正义而流血亦心甚安！"与此同时，特务阴谋破坏"南委"的行动一刻也没有停歇过。困在狱中的谢育才心急如焚。他多次试图通过各种方式带信给"南委"书记方方，告知自己被捕的情况，并曾秘密写信给周恩来，但都未送出。他两次越狱，也都没能成功。

"为国捐躯身不忧，惟愿正气永存留。成败论定任褒贬，忠奸自让后史修。"1942 年 2 月 9 日，谢育才同志假装"自首"，换来出狱的机会，营救处于异常危险中的中共南方工作委员会，他给狱中难友留下这首诗后，踏着沉重的步伐，和妻儿走出集中营。可是，谢育才一家虽然出了集中营，但却被转入县城另一拘留所里。3 月初移禁于敌电台所在处，亦是

■ 谢育才与妻子王勖

庄尚之的寓所，由叛徒和特务轮流看守。时间一天天过去，情况越来越危急。谢育才、王勖焦急万分，不能再等了。4月29日深夜，为了防止长途跋涉带来不便及小孩啼哭惊动特务，也为了麻痹敌人，他们无奈地抛下了仅有9个月大的孩子，夫妻俩趁一个看守外出未归、另一个看守不留意的好时机，跳窗越狱。谢育才留下两张纸条，一张条子上表明心迹："卑躬屈节非顺意，擒住雄心静待时。鸟已高扬人何慕，欲学叔齐与伯夷。"另一张条子写道："庄老太太，孩子是没有罪的，请不要因政治信仰不同而杀害他。"从此，儿子落入国民党特务头子手中，直到解放后才回到他们身边。

　　为了安全到达目的地，他们昼伏夜行，风餐露宿，王勖女扮男装，白天藏在坟穴里，轮流睡觉，渴了舀坑里积水喝，天黑了才出来匆匆赶路。24天500多公里，跨越赣、粤、闽三省，他们硬是凭着一腔赤胆忠心，历尽千辛万苦，最终于 5 月 22 日找到"南委"军事干部。由于谢育才赶在敌人行动之前报警，"南委"领导对江西省委的严重情况才完全清楚。"南委"书记方方随即布置撤退转移工作，"南委"机关及下属组织均未遭受损失。

名节操守，对信仰忠贞的共产党员来说，赛过生命。亲生骨肉，对任何有情有义的人来说，重过自身。在大危大难面前，能够同时不顾名节、骨肉，舍弃个人生死、荣辱，而历尽千辛万苦挽救党组织，做出这样艰难的选择，需要多大的勇气！谢育才夫妇做到了。但是因为这次假自首，后来谢育才受到了三次开除党籍的处分。

1942 年底，谢育才、王勖由组织安排，到达敌占区隐蔽。1944 年冬，他们先后调到游击队工作。1945 年 1 月，成立潮汕人民抗日游击队，

■ 马家洲集中营刑讯室

■ 谢育才全家福

谢育才任军事顾问。同年12月，谢育才偕王勖转到东江纵队，1946年6月底奉命北撤烟台后，一起到中共中央华东局党校学习。党委对谢育才审查后做出结论，追加开除党籍处分。1945年2月谢育才参加韩江纵队起算重新入党。1950年6月，谢育才任新中国成立后汕头市首任市长、中共汕头市委委员。此时突发一件对其一生有重大打击之事。他在越狱时丢下的孩子谢继强被特务头子庄祖芳收养。解放初期，广州市公安局搞策反工作的同志与逃到香港的庄祖芳联系上了，庄愿意归还孩子。谢育才报华南局批准，省公安厅派人把孩子送到汕头。但不久，广州市公安局策反庄祖芳被错认为"与敌特勾结"，正副局长陈泊、陈坤受开除党籍、逮捕、监禁等严厉处理。谢育才因"回归孩子"受到牵连。组织上又在江西档案中发现谢育才离开集中营时在"死结""密结"上签了字，而在华东局党校审查时并没有向组织上交代，因此怀疑谢育才是假越狱，是受敌特之意"潜伏"下来的，因此他再次被开除党籍。1957年4月，中共广东省委决定，同意谢育才重新入党，由华南垦殖局党组织办理重新入党手续。在"文化大革命"中被批斗、监督劳动，1976年被定为叛徒，再度被开除党籍。

1977年3月25日，一个三次被开除党籍，被定为"叛徒"的老人，忍辱负重，多病之躯承受不了肉体与精神上的摧残，加上投诉无门，心情郁闷而含冤逝世了。临终前，让他耿耿于怀的是他的党龄问题。他一再叮咛家属，一定代他表明心迹，澄清事实，恢复其始于1926年的中国共产党党龄。为此，王勖及其姐妹王辉、王勉不顾高龄体弱坚持数年为其上访。

1979年中共广东省委组织部撤销把谢育才定为叛徒、开除党籍的处分，恢复1957年重新入党的党籍、党龄。1988年3月，中央纪委决定：同意撤销1951年华南分局纪检会对谢育才开除党籍的决定。1999年1月8日，中共广东省纪委发出文件，文件上写道："王勖同志：接中共中央纪律检查委员会通知，经中央纪委常委复议并报中共中央同意，决定恢复谢育才同志1926年至1945年一段的党籍党龄。特此通知。"几十个字，一件经历了半个多世纪反复审查的历史冤案终于了结！这离谢育才含冤去世已经22年了！历史证明，谢育才无愧于共产党员的称号。

马家洲集中营是国民党"消极抗日，积极反共"政策的产物，是一座残酷迫害革命者的魔窟。面对国民党顽固派的倒行逆施和残酷迫害，这些共产党人和爱国进步人士表现出了他们坚定不移的革命信念、坚强不屈的革命意志、视死如归的英雄气概、精忠报国的赤子情怀，是我们党宝贵的精神财富，值得永远传承。

（本文为集体写作）

英勇不屈的抗日英雄

黄启林　厂窖惨案遇难同胞纪念馆

▲

1943 年 5 月 9 日至 11 日，在地处湖南省南县西南隅、三面环水扼守洞庭湖西北水路交通要冲的厂窖镇，侵华日军悍然发动了一场"江南歼灭战"，出动 3000 余日军、汽艇数十艘、飞机数十架，从水、陆、空合围厂窖垸，实行了惨无人道的杀光、烧光、抢光的"三光"政策。三天三夜，屠杀我无辜同胞 3 万余人，烧毁房屋 3000 多间、船只 2500 余艘，强奸妇女 2000 多人，抢劫粮食、牲畜、衣物等不计其数。当时的厂窖变成了人

■ 汤载福事迹介绍

间地狱，垸内尸横遍野、血流成河。

手无寸铁的厂窖人民面对侵华日军的枪炮刺刀，英勇不屈，奋起抗日，涌现了许许多多勇于反抗的民族英雄。

汤载福，湖南省益阳市南县人。1925 年加入中国共产党。1927 年当选为南县农民协会委

■ 厂窖人民奋勇杀敌

员；同年 5 月，由于长沙马日事变，南县党组织和农协会组织遭到破坏，他被捕入狱。1930 年 10 月，贺龙率红军攻克南县，他被营救出狱后定居厂窖垸黑洲子，开展地下活动。抗日战争爆发后，他是抗日救亡的积极分子。

厂窖惨案发生后的第三天，1943 年 5 月 11 日，日军侵略者疯狂的铁蹄踏进厂窖黑洲子，顿时，村头狼烟四起，枪声、炮声、哭叫声乱成一片。这时的汤载福急忙叫儿子躲进了自家灶屋的糠头围子（烧柴堆放处），提起两捆稻草掩盖在上面后，自己便钻进了屋后的蚕豆地。

不一会儿，两个鬼子端起刺刀开始搜索屋后蚕豆地，有一个正好从汤载福身边走过，只见汤载福从地里一跃而起，将鬼子掀翻在地，夺过刺刀刺进鬼子腹部，反身一脚又把这个鬼子踢进了水塘，几个动作一气呵成，速度之快令人难以想象。另一个鬼子吓得目瞪口呆，见同伴掉进水塘才猛然醒悟过来，端起枪朝汤载福刺去，汤载福身体一闪，上前一脚踢飞了鬼子的枪，然后抱住鬼子扭打起来。这时候，扑腾的水声、鬼子的叫声和汤载福的怒骂声混成一片，时间一分一秒地过去，由于寡不敌众，汤载福心

■ 汤载福烈士证书

想就是死也要与鬼子同归于尽，他用尽最后一点力气，抱着鬼子一起滚进了水塘……

过了一阵，一伙鬼子把三具尸体打捞上来，只见汤载福还是紧紧地与那个鬼子抱在一起，鬼子们用尽一切办法也没能把他们分开，气急败坏的鬼子竟残忍地将汤载福两只手臂砍了下来，并朝他的躯体连刺数刀。

汤载福英勇牺牲后，厂窖人民一直怀念这位抗日英雄。1985 年 9 月，中华人民共和国民政部追认他为革命烈士。

70 多年过去了，当您在聆听抗日英烈故事、抗战老兵回忆和幸存者控诉之后，厂窖惨案的点点滴滴就会被一一还原，历史的记忆不容抹杀，厂窖惨案是控诉日本暴行的有力证据。所以，我们要让鲜血写成的历史展示在今天，让今天更多的人去了解昨天的血泪史。

抗日英烈汤载福舍身取义、宁死不屈的民族精神一直激励着我们自强不息，开拓进取。勿忘国耻，珍爱和平。

（本文为集体写作）

铁血见证　英雄将帅

惠晨　延安杨家岭革命旧址

▲

习近平总书记指出：中国共产党历史是最好的营养剂。让历史告诉今天，让今天启迪未来。

1945年抗战胜利到今天已经70多年了。英勇的中国人民，前赴后继，勇敢拼搏，战胜了日本帝国主义，中共七大代表余光文一家的血泪记忆，正是这段民族悲歌的真实写照。

余光文同志

余光文，湖南省平江县人，曾用名吾必成。他身材高大，擅长拳术。1925年加入湖南平江县农民自卫军。1926年加入中国共产党。因他作战勇敢，冲锋陷阵，1936年就任工农红军前敌总指挥部保卫训练队队长。抗日战争时期，奉八路军总部命令在晋北灵丘等地发动群众，开展游击战争，出生入死，多次负伤。由于他忠诚党的事业，胆大心细，工作一丝不苟，1937 年 11 月担任了晋察冀军区政治部锄奸部部长。

1943 年秋，日寇对我晋察冀根据地进行疯狂大"扫荡"，为了更有利于歼灭敌人，晋察冀军区领导机关分成了 3 个支队，其中后勤部门、边区政府、人民银行、抗敌剧社和部队掉队人员为第三支队，余光文任第三支队队长，机要科长张立（余光文之妻）带着孩子随队行动。第三支队大部分为非战斗人员，只有一个警卫排，余光文同志带着他们穿插隐蔽在敌军的重围之中。

■ 张立与孩子

11 月 10 日，第三支队经过艰苦行军在天亮前到柏崖镇的达双庙村。这时的部队已经整整一天没有吃饭了，余光文决定在此暂时休息，让大家先吃一顿饱饭。忽然枪声大作，他们被敌军包围，就在这千钧一发之际，余光文果断下命令："一班留下掩护，其他人赶快跟我走。"此时妻子张立还发报未归，余光文为了整个队伍的安全，舍下自己的妻子和孩子，毅然带着部队向村外猛冲。两侧埋伏的日军，以密集的子弹向他们射击。子弹在头顶上呼啸，余光文奋不顾身带领警卫战士抢占了制高点，以仅有的武器射向日军，在日军的重围中杀出一条血路冲出了包围圈。200 余名机关干部和晋察冀画报社的同志们获救了。

而张立和她刚出生不久的儿子却被日军抓住，日军从她腰中搜出了两支手枪，逼问她八路军的去处。张立昂首挺胸，双眼怒视着日军，一言不发。她知道，自己在这里拖延一分钟，就给部队多争取了一分钟突围的时间，于是，恼羞成怒的敌人，猛地夺过她怀中的孩子，惨无人道地扔进沸腾的大水锅里，哭泣的孩子瞬间就没有了声音。在张立扑向大水锅的一刹那，日军用军刀刺向张立，并灭绝人性地挑开了她的胸膛，张立牺牲时年仅 23 岁。

当天被日军杀害的八路军战士和群众有 100 多人，日军撤离后，余光文带着部队回来，他看到，到处都是被残杀的同志，看到这一切他悲痛欲绝，当场就昏了过去。在场的所有人都放声痛哭。

仇恨是会发芽的，血债要用血来还。日军的暴行不仅没有让余光文畏惧，反而更加激起了他对日寇的仇恨，他重整第三支队，昼伏夜行，声东击西，围城打援，攻占日军多个据点，取得辉煌战绩。1945 年 4 月，他参加了在杨家岭召开的中国共产党第七次全国代表大会。

尘封的历史远去，阳光倾泻而下，任何的获得都是要付出代价的，当你倦怠和抱怨时，请停下来想想那位叫张立的母亲和她年幼的孩子，他们的坚贞，他们的牺牲，你还敢说与你无关吗？英雄不死，精神永存，有一座丰碑无字无名，却刻在了亿万中国人民的心中！请记住他们，以共和国的名义！

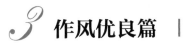

3 作风优良篇

水缸里的人民情怀

汪黎　瑞金市文化广电新闻出版旅游局

▲

瑞金地处江西省东南边陲，武夷山脉西麓，因"掘地得金，金为瑞"而得名。瑞金是一座红色的城市，是闻名中外的红色故都、共和国摇篮、中央红军长征出发地，曾在中国革命历史上书写了光辉灿烂的一页。

20 世纪 30 年代初，毛泽东等老一辈无产阶级革命家开辟了以瑞金为中心的中央革命根据地，缔造了中华苏维埃共和国，进行了治国理政的探索和实践，铸就了伟大的苏区精神，孕育了党的群众路线。当年，以毛泽东同志为主要代表的中国共产党人在关心群众生活上率先垂范，带领苏区军民在瑞金沙洲坝村开挖红井的故事，至今仍广为传颂，也成为苏区党和群众心连心的重要见证。

在瑞金沙洲坝，有一位杨大娘是红军家属，丈夫和大儿子参加红军后，家里缺少劳动力，里里外外、大事小事都要她自个儿操心。

1933 年 7 月的一个傍晚，杨大娘浇完菜园，回家准备挑水做饭。她刚拿起扁担，却发现水缸里的水满满的。大娘觉得很奇怪：前天水缸满满的，昨天水缸满满的，今天水缸又满满的，这是怎么回事？于是，她问小儿子："小发仔，你下午挑水了吗?"11 岁的小发仔把头摇得跟拨浪鼓似的，说："没，我没挑啊。"

　　杨大娘越想越觉得奇怪，就跑到田头问代耕队长："队长，我屋里那口水缸，天天都满满的，是不是你派人给我家挑的水？""没有！"代耕队长回答道，半信半疑地问，"真有这样的事？"正说着，上屋的二婶也提着菜篮子走过来搭话："是啊，是啊！我屋里的水缸也是干了又会满，满得都快要溢出来了，不知道怎么回事？"代耕队长把斗笠往头上一扣，笑笑说："毛主席主张调查研究，我觉得你们该去调查调查，哈哈！"杨大娘和二婶觉得这话有道理，两人商量了一阵，就各自回家了。

　　第二天，杨大娘一大早就起床了，吃了早餐后擦桌子、洗衣服，不到下午，满满一缸水就用完了。她故意不去挑，也不下地干活，早早拿起一双鞋底，坐在门口，和二婶你一针我一线地纳起了鞋底。她俩鞋线扯得索索响，纳好鞋底又上鞋帮，两双眼睛观六路，四只耳朵听八方，边做针线活，边搞起"调查"来。但等了半天，也没有半点儿动静，她俩心里纳闷极了。

　　太阳快下山时，杨大娘忽然听见屋里的后门响了，接着又听到水桶铁钩碰撞的声音。她俩惊喜地互相丢了个眼色，不约而同地喊了出来："哈哈！总算捉到了！"说着站起身就往屋里跑。

　　杨大娘刚进门，差点跟一个挑着水桶的人撞个满怀。她抬头一看，见这人身材高大魁梧，身穿红军服，正冲着她和二婶笑。望着他那双明亮的大眼睛，觉得很面熟，但是又记不起在什么地方见过。二婶一下就认出来了："呀，这不是毛主席吗？"

　　二婶拉着毛主席坐下，杨大娘赶忙端上一碗水，说："主席啊，你刚来沙洲坝不久，又是挖井，又是挑水，处处为咱老百姓着想，这可叫我们怎么感谢您呀！"

　　毛主席一边喝水一边与两位红军家属聊起家常来，问她们在生活上有什么困难，代耕队耕的田满不满意，房子漏不漏雨，小孩子在列宁小学的功课好不好，一直聊到天擦黑，毛主席起身又要去挑水，非要把杨大娘家的水缸挑满不可，杨大娘也拗不过，只好答应了。

从此，毛主席为杨大娘和二婶家挑水的事，很快就在村里传开了。

关心群众生活，当年毛泽东等老一辈无产阶级革命家已然给我们做出了光辉的榜样。

（本文为集体写作）

一张不寻常的账单

黄露芬　瑞金中央革命根据地纪念馆

▲

　　中国共产党人的先进性不仅体现在大公无私、先人后己的人格光芒里，而更多地则蕴藏在日常生活的平凡小事中。曾经叱咤风云的革命领袖毛泽东，就是寓高尚人格于平凡言行中的一代伟人。

　　在瑞金中央革命根据地纪念馆，珍藏着一本 20 世纪 30 年代江西长胜县铲田区苏维埃政府自制的伙食账簿，上面记录着一条极普通的伙食费入账，而且在当时的中央苏区广为传颂，并被苏区干部们当作学习的榜样。

　　1933 年 8 月 17 日，中华苏维埃政府主席毛泽东与往常一样，身穿灰衣裳，脚穿黑布鞋，同警卫员小吴，在江西军区参谋长等人的陪同下，一大早来到长胜县铲田区，分组深入农户，召开调查会，与群众促膝谈心。

　　不知不觉，已到午饭时刻，区政府主席看到毛主席来了，心情格外激动，正要通知厨房加餐，却被毛泽东制止了。他们来到饭厅，毛主席见饭桌上放了一大盆山芋粥和红薯、辣椒、萝卜干等土菜肴，于是就拿起筷子，津津有味地吃了起来。

　　午饭过后，毛主席立即在区政府召开干部座谈会，对纠正查田运动中的错误和发展苏区经济问题做了重要指示。会间，区主席依然坐立不安，

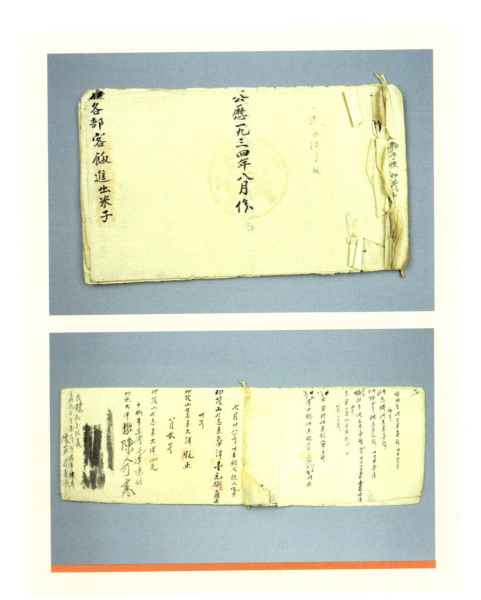

■ 瑞金中央革命根据地纪念馆收藏的账簿和账单

总觉得中午的饭菜太寒酸、太委屈毛主席这样的高级干部了，想在晚上给他加菜，于是，想悄悄离开会场，通知管理员去采办些好吃的。

这时正在讲话的毛主席似乎发觉了区主席的动机，他顺着干部作风问题提高了嗓门："同志们！我们有的干部官不大，可架子不小，下乡本是联系群众，但我们有的同志却要搞得兴师动众，而我们的区乡干部对于上级领导来检查工作，不去弄点好吃的东西，来招待领导，总觉得不是滋味，要知道，现在是革命战争年代，我们的任务是发展苏区经济，支援革命战争，改善群众生活。"毛主席的讲话博得了到会干部一阵阵热烈的掌声。此时的区主席感觉到刚才的担心完全是多余了。

次日清晨，毛主席同警卫员要赶回瑞金。临走前，毛主席交代警卫员小吴到区财政部结清食宿账。小吴来到区财政部，财政部长觉得很难为情，无论如何也不肯收钱，他说："毛主席来帮我们办事，住上一宿，哪能收食宿钱？"小吴推辞不过，只好收回钱，默默地赶上了先行的毛主席。

当追上毛泽东一行后，毛泽东问他："食宿费结清没有？"小吴向毛泽东如实汇报了情况。毛泽东听后大为生气，责令小吴立即赶回铲田将账结清。

陈奇涵参谋长觉得离区政府已远，怕耽误毛主席的工作，便笑着插话说："主席，你赶路要紧，还是由我来办这件事吧！"

毛主席紧紧握住陈奇涵的手再三叮嘱："奇涵同志，这件事就拜托你了，一定要把它办妥。我们是党的干部，应该带头廉洁奉公，这样才能真正维护广大群众的利益。"

陈奇涵郑重地点了点头，随即回到铲田区政府，代毛主席转交了食宿费。此情此景令铲田区钟主席和老部长赞叹不已，当即，老部长拿出伙食账簿，在账页上记下："十捌号，主席毛泽东住，付还大洋一元四角五分。"陈奇涵也郑重地签上了自己的名字。

很快，毛主席交纳食宿费的感人事迹在苏区大地上传为佳话。人们称颂毛主席带领下的苏区干部的好作风，他们用山歌唱道："哎呀嘞，苏区干部好作风，自带干粮去办公，日着草鞋干革命，夜走山路访贫农……"

这本珍贵的账簿被瑞金中央革命根据地纪念馆收藏，它是"苏区干部好作风"的历史浓缩，成为革命领袖廉洁自律做表率的生动见证。

小纺车的大力量

王园园　延安革命纪念馆

▲

在延安革命纪念馆的展览大厅里，陈列着一架纺车，它虽然结构简

■ 延安革命纪念馆的一架纺车

■ 延安纺线场景

单，长不过三尺，重不足十斤，但是 70 多年前，延安人民却用它摇出了坚强的抗战信念，摇出了丰衣足食的火红岁月，摇出了一个令人向往的新天地。

1941 年至 1942 年，抗日战争进入最艰难时期，边区军民曾无饭充饥、无衣御寒，甚至连办公用的纸张也没有。毛泽东曾在生产动员大会上指出：饿死呢？解散呢？还是自己动手呢？饿死和解散是没有一个人同意的，共产党人的响亮回答就是自己动手。毛泽东发出了"自己动手 丰衣足食"的号召。于是，一场轰轰烈烈的大生产运动迅速地开展起来。

在大生产运动初期，由于边区不产棉花，加之国民党的封锁，延安军民穿衣成了大问题！朱德总司令在深入基层考察时发现延长、延川等县的农民仍靠古老的纺车纺线织布。他如获至宝，立即号召开展纺线运动。于是，纺车成了周恩来、朱德、张闻天、任弼时等中央领导住室中的生产工具。工作间隙，他们就坐下来摇起纺线车，朱老总还定了一条规矩：有人来谈工作，首先问会不会纺线，如果不会就手把手地教，直到掌握要领后再谈工作。

为了交流经验，提高纺线的数量和质量，中央机关要在枣园书记处小礼堂举行一次纺线比赛。那是 1943 年的秋天，刚从重庆回来不久的周副主席听说后也要参加。当时他一直奔走于重庆、延安之间，工作

毛泽东题词

十分繁忙，再加上当时他的右臂骨折，要学纺线可真是难事，但是他毫不示弱，端端正正地坐在纺车前学起了纺线。他仍要左手捻线，右手摇车，周副主席受伤的右臂只能弯曲 40 度到 60 度，摇车时，他需要忍受常人无法想象的痛苦，可他硬是坚持着。身边的勤务员劝他休息一会儿，他却不肯休息，不学会纺线就不停下来。渐渐地，周副主席额头上渗出了汗珠。

"功夫不负有心人"，周副主席终于学会了从卷棉花到打弦、摇车拉线的均匀配合直到接头、接茬的全套技术。他把一条条均匀的线抽出来，上到穗子上，不一会儿，像萝卜大的一个胖乎乎的线穗就从飞旋的旋针上摘下来了。夫人邓颖超在一旁看着十分高兴，情不自禁地唱起那首《纺车谣》："小小的纺车吱扭扭的转，摇起了纺车纺线线，别看纺车小，力量大无边，边区闹生产，打碎敌人的封锁线。"后来，在纺线比赛中，周副主席获得优胜！中央领导的带头，使得大生产运动更加火热地开展起来。无论领袖还是一般战士，无论男女老幼都能纺，会纺线成了人们的一种骄傲。

■ 周恩来兴致勃勃地纺线

在小纺车欢快的转动中，边区军民的生活有了很大改善，终于冬有棉、夏有单，盖上了毛毯，穿上了粗呢子大衣。不仅自给自足，解决了穿衣保暖问题，而且办起了被服厂，有力地支援了抗日前线。

如果把延安大生产运动比作一首高亢的交响乐，那么，这小小的纺车就是其中最强有力的雄壮音符。今天，小纺车虽然已经早已停止一遍遍的吟唱，但是小纺车所凝聚的自力更生、艰苦奋斗的延安精神永远值得我们传承和发扬光大。

一件修修补补的羊毛衫

毛婉瑶　韶山毛泽东同志纪念馆

▲

这是一件老式羊毛衫，领口磨损断线，右袖肘部用浅灰色棉纱布补过，细数还有十多处大大小小的破洞。这不是一件普通的羊毛衫，而是毛主席生前最珍爱的一件衣物。早在烽火硝烟的延安，主席就曾穿着它运筹帷幄、决胜千里。经主席身边工作人员证实，主席就是穿着它，见证了开国大典的辉煌时刻。

新中国成立前夕的一天，新旧交替，万物重生，举国欢庆，华夏沸腾。当工作人员发现毛主席没一件像样的衣服，准备为他量身定做一套礼服时，他爽快地答应了。毕竟，在即将到来的庄重时刻，新中国缔造者的形象代表的是这个新生政权的国家形象。可主席只答应缝制外套，还打趣道："外面穿得太难看，老百姓不

■ 开国大典时毛泽东穿的羊毛衫

答应；里面穿旧点，别人反正也看不见！"

就这样，主席外面穿着崭新的中山装，里面穿着这件破旧的羊毛衫登上了天安门城楼，向全世界庄严宣告："中华人民共和国、中央人民政府，今天成立了！"

多年以后，主席身边的工作人员再次见到这件羊毛衫时，忍不住潸然落泪：主席当然穿得起新衣服！主席常说："没条件讲究时不讲究，这一条好做到；有条件讲究仍然约束自己不讲究，这一条难做到。共产党人就是要做难做到的事！"

居安思危，处治忧乱。这位新中国的缔造者，脑海里所想的远不是当下的个人穿着，他那深邃的思想驰骋在历史的长卷里：我们怎样才能跳出治乱兴衰、往复更替的历史周期率呢？而这个答案，其实就蕴含在中国共产党领导中国革命的漫漫征途中。

在延安的窑洞里，主席用闯王李自成骄奢败亡的教训反复告诫全党。

在西柏坡的土木平房里，他又郑重指出：务必使同志们继续保持谦虚、谨慎、不骄、不躁的作风，务必使同志们继续保持艰苦奋斗的作风。

在进京路上，主席意味深长地说："今天是进京'赶考'的日子，我们决不当李自成，我们都希望考个好成绩！"

"进京"意味着执政，"赶考"就要接受考验。夺取政权，建立新中国是"赶考"；巩固政权，建设新中国是"赶考"；兴国富民，实现中华民族伟大复兴更是"赶考"。"赶考"没有休止符，"赶考"永远在路上。

而今的中国，一代又一代的共产党人，赓续初心，砥砺前行，在赶考的答卷上不断书写新的辉煌。新时代新征程，习近平总书记的嘱托犹在耳："不论我们国家发展到什么水平，不论人民生活改善到什么地步，艰苦奋斗、勤俭节约的思想永远不能丢！"

毛主席的这件羊毛衫，所浸润的勤俭朴素本色，所彰显的艰苦奋斗精神，早已通过铁马冰河的千锤百炼，深深熔铸进共产党人的骨髓和灵魂里。

这件羊毛衫，外表普通而特殊，精神历久却弥新。我们应该好好珍藏它，守住它的平凡底色，守住共产党人的政治本色，守住新时代新辉煌的应有成色。

（本文作者杨国利、陈萍）

珍藏在衣柜里的父子情

周密　湖南党史陈列馆

▲

1950 年 10 月，美帝国主义把战火烧到了鸭绿江边。毛主席号召全国人民抗美援朝，保家卫国。毛岸英主动申请参加中国人民志愿军，坚决要求入朝参战。当中南海里不少同志劝毛主席出面阻止时，得到的回答却是："他不去谁去！"

■ 毛岸英烈士

34 天之后，毛岸英在朝鲜战场牺牲了，彭老总亲自发电报向周总理说明情况。由于毛主席当时身体有恙，半个月后，周总理才把这一悲痛的消息告诉毛主席。毛主席强忍住泪水沉默了许久，然后点了一根烟，用微微发颤的声音说道："战争嘛，总会有牺牲的。朝鲜战场上，千千万万个老百姓的孩子，不是也在奋斗牺牲吗？我不后悔，我是这个国家的领导人，国家危难的时候，我不派自己的儿子去保家卫国，那又派谁的儿子去呢?"整整一夜,毛主席坐在沙发上没有起身,只是一根接着一根地抽着烟,坚忍地接受儿子再也回不来的事实,独自承受着失去亲人的无尽伤痛。

当有人建议把毛岸英的遗体接回国内安葬时,毛主席说:"不必了,共产党人死在哪里,就埋在哪里吧。"他拒绝了这份好意。

1990 年,中央警卫局在清理毛主席的遗物时,有一个小柜子,里面装的是毛岸英同志的几件衣物,有衬衣、袜子、毛巾和一顶军帽。后来得知,这些物品是毛主席瞒着身边的所有工作人员珍藏的。

其实,按照韶山当地的风俗,家人去世以后,一般都会把与逝者有关的东西烧掉,没有保留遗物的习惯,而毛主席却瞒住了所有的人,悄悄将儿子的遗物珍藏在身边。

一个把儿子的毛巾和袜子都视若珍宝的父亲,真的就不想儿子回来吗?他是否也曾在夜深人静的时候,把这些衣物一件一件拿出来,轻轻抚摸,这些衣物上,是不是也被主席的眼泪所浸染?关于这些疑问,我们无

■ 毛泽东珍藏多年的毛岸英的衣物

■ 毛泽东与毛岸英

■ 毛岸英烈士墓

法深究，我们更不忍细想。也许，真正痛彻心扉的伤口，是拒绝任何人分担、禁止任何人触碰的。

当毛岸英的这些衣物，再一次呈现在我们面前时，距离毛岸英牺牲已经过去了很多年，一位老父亲对离去孩子的思念，就这样被默默地压在衣柜底下。面对这些衣物，我们不禁感叹：这些衣物何其不幸，它们承载的绵绵亲情，再也没有机会，被它们的主人细细品读；这些衣物又何其有幸，它们让我们再一次感受到毛主席对国家和人民的深情大爱和对儿子的深邃父爱，是多么久远、多么深长。

为有牺牲多壮志，敢教日月换新天。

"牺牲"二字，豪迈万丈。可面对牺牲，毛主席心里又有多少的痛，而一个"敢"字，又把多少风云一笔带过，你若真正懂得，你就会知道新中国历史进程中，这两个字有多重！

"三个不要"的革命精神

高红芳　四渡赤水纪念馆

▲

在四渡赤水纪念馆中陈列着一个泛黄的笔记本，当中有一段用红色线条标注的内容总会吸引游客们驻足观看。这段内容是中央红军一渡赤水时朱德对全体指战员的讲话：

> 一个共产党员、革命战士，要做到"三个不要"：一不要命，二不要钱，三不要家。自己不要命，是为了千千万万的劳苦大众能很好地生存；自己不要钱，是为了天〔下〕的穷人过上富裕的日子；自己不要家，是为了全国每个家庭都能幸福地团聚和生活。

这段话道出了中国共产党人的初心，无数的红军战士们也用生命把它践行。

在习水县反映红军战士"三个不要"的故事很多很多。习水县回龙镇有一位老人叫王秀林，我们采访时他说："我的命真正是用红军的命换来的，我是红军的儿子。"在老人的肚子上至今还留着一条伴随了他80年的伤疤，这道近10厘米长的伤疤的背后，藏着的是7位红军用血肉之躯换回王秀林生命的壮举。

■ 陈列在纪念馆中记录有朱德同志讲话的笔记本

时间让我们回到 80 年前，红军二渡赤水河时，在二郎滩打了一个漂亮的背水战，顺利地第二次渡过了赤水河。川军刘湘部队气急败坏，派飞机在我军驻地进行狂轰滥炸。1935 年 2 月 21 日早上，回龙寺大庙门口一个衣衫褴褛的妇女背着刚满 1 岁的孩子急匆匆地走着，小小的回龙场时逢赶集，街上的百姓乱哄哄的一团，这位叫杜莲芝的妇女刚走到庙门口，敌机一个俯冲，往人群里扔下一串炸弹，驻扎在街边的红军，以最快的速度一边疏散群众隐蔽，一边注意敌机的情况。然而，杜莲芝，根本不知道从飞机上掉下来的为何物，更不知道找什么地方隐蔽，裹着小脚的她背着孩子惊慌失措地在街上乱跑。"快卧倒！"随着这样一声高喊，一颗炸弹在集市中间爆炸。正在这时，杜莲芝只觉得自己身上火辣辣的，一下就摔倒在了地上，摔倒之前，她好像看到无数人向她招手，无数人向她大喊，孩子好像也在哭泣，杜莲芝挣扎着想要抱住自己的孩子、保护自己的孩子，却实在没有力气了。几分钟，十几分钟，时间一分一秒过去了，周围的轰炸声不再那么大，眼前渐渐地清晰了。孩子的啼哭声划破了这死一般的寂静。轰炸过后，红军及当地的群众都拥了上来，大家定定地站在那里，眼前的场景让大家泪如雨下。杜莲芝和孩子倒在了血泊中，和他们一起倒下的还有 7 位年轻的红军战士，这 7 位战士，在敌机疯狂的扫射又以超低高度扔下炸弹的那一刻,一个个扑向杜莲芝母子。敌机飞走了,生命在这一瞬间是那样的脆弱。那个不满 1 岁的孩子得救了,这个孩子就是王秀林。7 位红军战士为了救不到 1 岁的王秀林,但他们自己却永远闭上了眼睛。

红军的壮举深深地震撼了当地群众,老百姓们自发组织,将这 7 名红军战士安葬在回龙镇的山坡上,由于没有人知道这 7 位红军战士的姓名,老百姓们立了一块简易的墓碑——红军烈士墓。墓碑虽然简易,但军民鱼水情却无比深厚。

7 位红军的壮举正是"三个不要"的最好诠释。"三个不要"的核心是一切为了人民,集中展现了无数红军指战员和红军战士心怀崇高信仰,带着强烈的民族忧患意识和对中华民族光明未来的必胜信念,用自己的实际行动秉天地之正气,凝民族之精魂,保护人民、爱护人民,为了人民不畏强敌,不怕牺牲,坚忍不拔,一往无前,使我党犹如一颗闪亮的红星光耀华夏大地。

俱乐部里的自我革命

刘帆凌　安源路矿工人运动纪念馆

▲

　　安源是中国工人运动的摇篮。这栋仿照莫斯科大剧院形式建造的四层轿顶式建筑——俱乐部的讲演厅，就是"小莫斯科"的标志。

　　工人俱乐部自 1922 年 5 月 1 日成立以来，一直没有能供工人们活动的大会场，特别是罢工胜利以后，俱乐部会员从 300 多人一下子增加到 13000 多人，原来的俱乐部办公场所显得更加拥挤了，工人们纷纷商量着要选址建一个新的活动场所。1922 年底，路矿当局按照《十三条协议》的规定给工人们发放了第一次年终加薪，大家兴高采烈地拿出了一半钱捐给俱乐部用来建设活动场所。在代理总主任刘少奇的主持下，工人们开了大会，共同商议建设大会场的事情。这天，天气晴朗，工人们按照约定聚集在了安源街一个空旷的场地上，大家眉飞色舞地向身边的人描述着自己心目中的大会场。等俱乐部几位干部办完事务来到时，大家纷纷上前打招呼，将刚刚讨论的结果说了出来。有人说："现在我们有钱啦，要建一个大的活动场所，让资本家看一看我们工人的底气。"有人说："房子要用最好的材料装修，要一直保存下去，让子孙后代也瞧瞧。"大家你一言我一语，灿烂的笑容洋溢在每个人的脸上。经过一系列热烈的讨论和慎重的安排，工人们自行推选出 21 人组成了建筑委员会，由路局主任朱少连担任

■ 安源路矿工人俱乐部旧址

委员长，下设多个机构，负责兴建讲演厅工程。

1923年10月18日，讲演厅破土动工，第二年5月1日正式落成。在兴建讲演厅期间，建筑委员会将各项施工计划安排得有条不紊，工人们自己设计，绘制设计图纸，丈量建筑尺寸，踊跃参加建设，厅中的八根大柱子，就是刘少奇当年亲自到株洲堆木厂挑选的。正是安源党组织和俱乐部以工人的利益为出发点，积极汲取群众的力量，秉承全心全意为工人服务的初心和宗旨，才使得俱乐部成为工人的领导机构和主心骨；也正是由于安源党组织和俱乐部重视民生管理、民主监督、民众参与，才深得民心，有了俱乐部各项事业的蓬勃发展。

讲演厅竣工后，作为建筑委员会委员长的朱少连随即公开报告了该工程的各项事宜、委员会组织机构，对实际施工中工程图纸调整做出说明，特别逐项公布对整个工程的各项费用开支，做出了"预算总额洋一万元，

■ 安源路矿工人俱乐部旧址

现工程将竣，其决算不致超过预算"的结论，清晰明确的办事界限和手续，遵循了当时总主任刘少奇提出的俱乐部反腐倡廉工作整顿的规则。而这期间安源党组织和俱乐部开展的反腐倡廉工作，则是我党历史上最早的廉政建设探索实践。

　　罢工胜利后，俱乐部各项事业蓬勃发展，在团结、组织、带领和管理工人方面发挥着越来越重要的作用，但同时，处于幼年期的俱乐部在机构设置、制度建设、干部教育、经济管理等方面都缺乏必要经验，致使工作秩序和经济管理一度出现混乱，特别是俱乐部少数干部开始萌生出骄傲自满的情绪，脱离工人群众，使得工人对俱乐部少数干部的习气和工作作风颇有微词，议论纷纷。对此，以代理总主任刘少奇为首的俱乐部主任团敏锐地认识到了问题的严重性，1922 年 7 月到 8 月间，俱乐部主任团召开了一次特别会议，针对当时存在的种种思想和作风问题，开展了坦诚的批评和自我批评。

刘少奇首先发言："最近我们有些干部产生了官僚作风，做事散漫，对工友漠不关心，对自己要求不严，没有权力心里就十分不快活，这样下去俱乐部会垮掉的。今天就是希望大家开诚布公检讨自己，帮助别人改正错误。""我没什么可说的，"窿内主任余江涛不屑地说，"我这么努力工作，还有错？"刘少奇望了他一眼，说："江涛同志，话可不能这样说，难道工作努力就不会出错吗？我们主任团成员如果不带头反省，又怎么能教育干部，让工人信服呢？"说得余江涛低头沉思了起来。刘少奇接着诚恳地说："我先做个自我批评吧。我做事过于谨慎，不够全面，今年对一些事务的处理也有不当，让部分工友产生了误会，以后呀，我要加强与工友的沟通交流。江涛，我给你提个意见，你刚才的态度不对，我们放低姿态不就可以听进去更多的话吗？"余江涛听了点头称："是啊，我有时对工友的态度不够亲切友好，经常板着脸孔，以后一定要改正。"

刘少奇又对朱少连说："少连啊，你是最早入党的党员，最近工人对你也有些议论，你也说说吧。"路局主任朱少连站起来，深思了一下，说道："我有时只顾做工，对俱乐部的有些事务用心费力少了，有时只做计划而没能具体实行，有时只是零碎地干一点，今后我会集中精力把俱乐部的工作做好。"大家你一言我一语，将真诚的心意吐露了出来。随后不久，俱乐部对内部的机制进行了第二次改组，对各部门进行了整顿，健全各部门的规章制度，制定具体的办事细则，堵塞可能出现的漏洞。

俱乐部采取的一系列的有力措施，在短时间内有效遏制了不良风气和不端行为的蔓延，使得党员干部的政治素质有了普遍的提高。这座由安源工人集资捐工兴建并拥有产权的工人俱乐部讲演厅，是20世纪20年代产业工人中建造最早、规模最大、最具特色的工会大厦。它见证了党早期在安源开展的廉政建设工作实践，见证了整顿后的俱乐部各项事业达到了全盛发展的辉煌时期。安源的工人党员在革命洪流中经受住了严酷的斗争洗礼和考验，表现出了立党奉公、洁身自律、胸怀理想、舍己为民的高尚品格和廉洁风范。而大浪淘沙中铸就的"义无反顾、团结奋斗、勇于开拓、敢为人先"的精神，也使得安源工人革命运动在全国工人运动的大潮中声名远扬，让安源成了"无产阶级的革命大本营"。

"半条被子"暖人心

朱淑华　湖南郴州市汝城县沙洲红色旅游景区

▲

1934 年 10 月 29 日至 11 月 13 日，中央红军各部先后经过湖南汝城，并在文明司（今文明瑶族乡）进行了长征出发后的首次长时间休整。在文明司沙洲村驻扎的是红军总卫生部。

在红军进驻沙洲村前，村民受反面宣传影响，都躲进了大山里。村民徐解秀一家因孩子生病，没来得及上山躲避。

经过几天的观察，徐解秀一家发现红军战士进村后都睡在屋檐下、巷道里，在野外架锅煮饭，不仅没有乱动村民的东西，还附带着打扫卫生、挑水种菜。

时值初冬，山区的天气已经转寒。一天雨夜，徐解秀发现屋外边有三位疲惫不堪的女红军躺在地上，善良的她及时将三位女红军请进屋里，还为她们熬姜汤驱寒、烧热水泡脚。

徐解秀把三位女红军领到了自家的厢房，让她们和母子俩一起睡。三位女红军见简陋的木板床上，铺着一条烂棉絮和一件旧蓑衣，赶紧拿出她们的行军被，五个人盖着一床行军被，挤在狭窄的床上，度过了难忘的一晚。第二天一大早，徐解秀便让丈夫朱兰芳赶紧把山上的村民全部都叫了回来。

■ 介绍"半条被子"故事的展厅

　　女红军年龄都不大，有一个还不到 20 岁。她们在村里给老百姓看病，也帮助徐解秀做家务、带孩子。她们以姐妹相称，短短几天内就建立了深厚的感情。

　　与此同时，驻扎在沙洲及文明司各村的红军利用休整的时机，广泛宣传中国共产党的主张，播撒革命的火种，扩大党和红军的影响，积极帮扶当地老百姓，以实际行动赢得了人民群众的拥护和支持。老百姓纷纷主动为红军烧茶送水、腾房借物、春米做饭，当挑夫、做向导、抬担架，积极救治病员，倾力支援红军。

　　几天后，大部队要出发了，三位女红军也要离开了，她们商量着把唯一的行军被留给徐解秀家。

　　送别女红军回来，徐解秀发现厢房床铺上的行军被，赶紧抱着被子追上了她们。

"你们三个人就这么一条被子，天寒地冻的，还要赶那么远的路，我怎能忍心把它收下呢？我在家里，至少还有一个可以遮风挡雨的地方啊！"徐解秀说什么也不肯接受被子。

女红军对她说："我们干革命，为的就是老百姓。再说，红军战士没有吃不了的苦，没有克服不了的困难。没有被子，我们会再想办法的。"

就在互相推让的时候，红军大部队开始翻山了。女红军十分着急。这时，其中一位女红军从背包中摸出一把剪刀，将一条被子剪成了两半。

一位女红军拉着徐解秀的手说："大姐，这下你可别推辞了，这一半你就收下吧！等革命胜利了，我们还会回来看你的，到时候再送你一条又新又暖和的被子。"徐解秀颤抖着双手接过半条被子，泪水润湿了眼眶。

■ 沙洲村"半条被子"故事雕塑

■ 邓颖超等老红军为徐解秀老人送去的新被子

徐解秀一家送女红军走过泥泞的田埂。到山边时，天都快黑了，女红军不让他们送了。望着绵绵群山、崎岖小道，徐解秀不放心，坚持让丈夫再送她们一程。

女红军一步步远去，她们的身影深深地烙印在徐解秀的心中……

红军走后不久，国民党"清乡队"来到了沙洲村，把全村人都赶到朱氏宗祠，逼问谁为红军做过事，谁帮助过红军，并把徐解秀藏起来的半条被子，也搜出来烧毁了，还罚徐解秀在朱氏宗祠里跪了半天。

之后的几十年，徐解秀经常拖着小脚，拿着一条小板凳，坐在村口的河边，凝望着三位女红军远去的方向，期盼着红军战士的归来。她常常给儿孙们讲："一定要跟共产党走，因为共产党就是自己有一条被子也会剪下半条给咱老百姓的好人。"

一年两年过去了，三十年五十年也过去了，徐解秀还是没能等来她的红军姐妹。

■ 徐解秀老人故居

　　1984年，经济日报社记者罗开富重走长征路。在沙洲村村口，他遇到了那位在等待红军归来的耄耋老人。当老人知道记者来自北京后，急忙说道："记者同志，你晓得当年给我送半条被子的三位红军姑娘，如今在哪里吗？"徐解秀老人含着泪，拿出了当年红军用过的火钳、木盆和火桶："我现在过得很好，不愁没有被子盖了，可三位红军姑娘她们过得好不好？怎么到现在也没有回来看我？"

　　听老人讲述半条被子的故事后，罗开富深受感动，当天晚上就写下了题为"当年赠被情意深　如今亲人在何方"的报道。这篇报道感动了很多人，当年参加过长征的邓颖超、蔡畅等老红军纷纷发表讲话。她们说："悠悠五十载、沧海变桑田，可对那些在革命最艰难的时候帮助过红军的父老乡亲，我们永远不会忘记。请开富同志沿途代我们问个好，我们也很想念大爷、大娘、大哥、大嫂们!"

随后,邓颖超大姐主持了在全国范围内寻找三位女红军的倡议,遗憾的是英雄已无觅处,也许,三位女红军早已长眠在长征路上。

1991年,邓颖超联合康克清、蔡畅等15位老红军委托罗开富记者给徐解秀老人送去一条新被子。遗憾的是,老人刚刚过世不久,未能亲手收到这份来自红军的温暖。

半条被子的故事温暖了14亿多的中国人,那么和故事一同感动的,是中国共产党人与人民群众同甘共苦、荣辱与共的鱼水情深,也是共产党人一切为了群众、一切依靠群众的不变初心。

新时代,新使命,新征程。半条被子的故事彰显了时代精神,昭示着新时代的共产党人应该不忘初心、牢记使命,继续坚持以人民为中心,谱写党和人民鱼水情深的新篇章,走好新时代的长征路。

十二分的节俭

卢婷　兴国革命纪念馆

▲

　　刘启耀是江西省兴国县龙口乡睦埠村人，参加革命前是一个撑竹排的工人。1928 年冬加入中国共产党，先后担任兴国县革命委员会的交通员、龙砂区船业工会主席、睦埠乡首任乡苏维埃政府主席、江西省总工会委员长、江西省苏维埃政府主席、中华苏维埃共和国中央执行委员等职。

　　为官清廉、克己奉公、顾全大局，是刘启耀的从政风格。他到江西省苏维埃政府走马上任后的第一件事，是发布通令规定省苏各级机关"反对铺张浪费，为革命履行节约"，而且"必须是十二分的节俭，否则就成为革命的罪人"。他还要求所有的工作人员，不浪费一个铜板，不滥用一张信纸，不多点一盏油灯，不乱耗一支铅笔。他起草文件的毛边纸，先用铅笔写，后用

■ 刘启耀烈士

红笔写，再用墨笔写，正面写了背面写，真是节约到家。由于他逢会必讲"十二分的节俭"，大家听多了，耳熟能详，一见到他，便会善意开玩笑说："啊，十二分节俭主席来了!"他毫不介意，回应说："大家懂得节俭就好。"

1934 年夏天，正值苏区第五次反"围剿"时期，刘启耀想尽各种办法节省经费。在省苏维埃的一次民主生活会上，他郑重宣布："我四月份已自带伙食，从五月份起，每月都自带伙食，一直到粉碎敌人的'围剿'为止!"他此后坚持从家里挑米到省苏政府办公。苏区中央政府的《红色中华》报第 188 期，曾以"江西省苏工作人员，热烈响应节省三升米运动。刘主席自带伙食，直到粉碎五次'围剿'"为题，报道刘启耀自带伙食办公的事迹。刘启耀的模范行为，在江西苏区造成了很大的影响，各级干部纷纷向他学习，节省公家伙食，支持革命战争。

刘启耀宣布自带伙食去办公后，要从宁都县返回家乡背米，他老婆埋怨他说："当了省主席，连饭都赚不到吃，真是没用。"他就耐心向老婆解释"共产党的官，是为人民谋利益的"。后来由于战争形势紧张，刘启耀无暇回家背米，他妻子挂念他，主动挑了 2 布袋米，步行 100 多公里，到宁都七里村去看望丈夫。一进门，她便嗔怪道："老公老公，饭要我供。"刘启耀连忙回应："革命成功，吃穿不穷。"

1935 年 1 月初，刘启耀和省委代书记曾山、江西军区司令员李赐凡各率一支部队在宁都北部山区突围。一次突围战斗后，敌人清理战场时，从一位游击队员的遗体上搜到一份党员证，上面载明刘启耀的名字和职务。于是，敌军官赶快叫来随军记者当场拍照，大肆吹嘘"击毙了江西省苏主席刘启耀"。原来刘启耀的战友刘国龙将受伤昏迷的刘启耀藏入草丛，拿起他的驳壳枪和证件突围，不幸中弹牺牲，被敌人误认成刘启耀。

深夜，刘启耀从藏身的山洞醒来，他取出掩埋在乱石中的褡裢下山，褡裢里装有十三根金条。那是和曾山分手时，分给他保管的经费。他躲过国民党军的搜捕，在群众掩护下养伤。伤愈后在群众的帮助下，化装成乞丐，往湖南方向去寻找红军。他在遂川、万安、泰和一带山区活动。谁知道这个衣衫褴褛、披头散发的叫花子，竟会是著名的江西省苏维埃主席刘启耀。

刘启耀的讨米，并非伸手讨饭。而是替人帮工劳动，离开时只要一碗米。刘启耀走家串户讨米一年多，秘密串联散落在遂川、万安、泰和一带的失散红军和不敢还乡的苏区干部 120 多人。1937 年初，刘启耀在泰和县马家洲召集了一批原苏区干部开会，决定恢复中共江西临时省委，大家推选刘启耀担任临时省委书记。

中共江西临时省委成立会议上，有的同志犯愁地说：要建立省委机关，要建立交通站，要去敌人监狱里抢救被俘战友，要派人去寻找上级党组织，哪一件事情都要花钱，现在省委机关哪里有钱来开展这些工作呢？

刘启耀从腰间掏出珍藏了近两年的金条搁在桌子上。他郑重地宣布："同志们！这是我突围前保管的革命经费，两年多来，我再困难也没有动用一文，今后作为省委的办公费用。"大家对刘启耀传奇般地保存下来党

■ 化装成乞丐去寻找红军大部队

的经费的行为，都由目瞪口呆转为对他由衷的敬佩。

中共江西临时省委用这笔钱在马家洲买了一幢房子，建立了对外称"赣宁旅泰同乡会"的省委秘密机关，恢复了中共遂、万、泰县委和马市、沿江、韶口、窑头、良碧洲5个区委，党员发展到280余名，掌握了从原江西苏区避难而来的干部群众1000多人。

刘启耀在后来的地下斗争过程中，三次被捕入狱。1945年秋，抗日战争胜利，

刘启耀纪念馆

国共两党重庆谈判期间，刘启耀第三次出狱，由于在狱中受尽酷刑折磨，又染上严重的肺病，他身体非常虚弱。出狱后，他请人把他抬到地下党组织的秘密联络点，继续坚持工作。因为按照地下工作原则，他必须等待上级组织派人来跟他联络才能恢复组织关系。战友劝他说："你的病情很严重，不能再这样等了，还是赶紧回老家去治病要紧。"他却说："如果我走了，上级交通员找不到我，大家都会失去组织。"直到他生命的最后时刻，仍仰望着延安方向。

一担皮箩里的执着与坚守

邓莹雪　通道转兵纪念馆

▲

在通道转兵纪念馆内，收藏着一担皮箩，这担皮箩出自一位红军战士的手，它见证了一位老人 80 多年的执着与坚守。

1934 年冬天的一个黄昏，寒风夹着雨雪刮个不停，通道县流源村 12

■ 纪念馆收藏的一担皮箩

岁的杨昌彬和父亲正在家中做饭。突然，一个挂着拐杖、衣衫破烂的年轻人推开门，有气无力地说："老乡，给点儿东西吃吧。"话刚说完，就昏倒在地。他们从他帽子上的五角星辨认出他的红军身份。原来，他是湘江战役中受伤的红军战士，叫邱显达，江西瑞金人。由于得不到治疗，他右腿的小腿已经血肉模糊，流脓生蛆。

前段时间，红军经过村子，他们纪律严明，不拿群众一针一线，还常常为群众挑水劈柴。杨昌彬和父亲知道红军是为穷人打天下的，是老百姓的队伍，于是悄悄地收留了重伤的邱显达。为了不被国民党官兵发现，父子俩每天偷偷上山采药，给邱显达治伤。因为伤口化脓生蛆，散发着恶臭，杨昌彬常常左手捂住鼻子，右手为邱显达抠蛆虫挤脓水洗伤口。有一次，父子俩上山采药，一不小心同时滚下山坡。杨昌彬的大腿被石头擦掉了一块皮，满腿是血，他父亲的左手也骨折了。第二天，父子俩又忍着疼

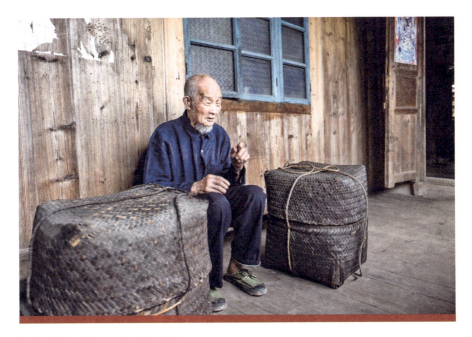

■ 杨昌彬老人讲述一担皮箩的故事

痛，继续上山采药。在养伤的日子里，邱显达给杨昌彬讲打土豪、分田地的故事，讲共产党带领穷人闹革命的故事。从此，杨昌彬就记住了红军，记住了共产党。

两个多月后，邱显达溃烂的伤口慢慢地愈合了。一天，他握住杨昌彬父子的手深情地说："谢谢你们的救命之恩。我是一名红军战士、一名共产党员，我的伤好了，过几天就要去追赶部队了。我没有什么报答你们的，我原来是一个篾匠，我就编一担皮箩给你们做个纪念吧。"于是，他上山砍来楠竹，开始没日没夜地编。一个星期后，一担皮箩就编好了。

邱显达要走了。在村口的大树下，他给杨昌彬父子连磕了三个响头，哽咽着说："等革命胜利了，我一定回来看你们。"说完，就依依不舍地走了。杨昌彬望着阿哥远去的背影，泣不成声，大声喊道："阿哥，你一定要回来！"

没想到，他这一走就再也没了消息。也许他已经牺牲在长征的路上。但在杨昌彬的心里，始终坚信阿哥还活着。

80多年过去了，杨昌彬从一个懵懂的少年变成了一位白发老人。他常常独自一人来到当年与阿哥分别的村口，望着阿哥离去的方向，喃喃自语："阿哥，你在哪里？怎么一点儿消息也没有？怎么还不回来呀？"

多少年来，他一直珍藏着这担皮箩。每当看到皮箩，往事就涌上心头，眼泪就止不住地往下流。他常说："留住皮箩，就留住了红军精神，留住了侗乡人民对红军的热爱，对共产党的拥护。"

"挖"不掉的红军坟

刘霜　遵义会议纪念馆

▲

遵义红军烈士陵园坐落于遵义市小龙山上。陵园坐北朝南，前临湘江河，后靠凤凰山，与当年红军鏖战的红花岗、老鸦山遥遥相望。新中国成立后，遵义人民不忘长征时途经这里牺牲的红军将士，在当年战场遗址找到了77具红军烈士遗骸。1953年，遵义市人民政府决定在小龙山上修建红军烈士公墓，并将红军烈士遗骸迁至山上。从此，遵义人民便把小龙山称为"红军山"。

在红军烈士陵园内有一座远近闻名的红军坟，里面长眠的是一位平凡的红军卫生员，老百姓却亲切地称他为"红军菩萨"。

1935年1月，中央红军长征到达遵义，当时驻在城外桑木垭的连队里有一位很年轻的卫生员，他不仅医术高明，对待老百姓更是亲切和善，不管谁找到他，他总是有求必应。为了给老百姓治病，他经常是饭也顾不上吃，觉也顾不上睡。经他诊治过的病人，也总是药到病除。

一天傍晚，一个小孩儿急匆匆地找到卫生员，说自己的父亲病了，全身烫得像火烧一样。卫生员一听连忙跟着小孩跋山涉水走了十几里的山路，终于来到病人家中。经过诊断病人患的是伤寒，而且病情很严重，卫生员在给病人打完针吃完药之后，并没有着急离开，而是留下来继续观察病情的变化。

就在当天夜里，他所在连队接到上级通知，要在拂晓前出发。由于来不及通知卫生员，部队连长只好留下一张字条请房主转交给他，并告诉他回来后如何追赶部队。第二天天亮了，病人的病情稳定了，卫生员才放心地返回部队驻地，当他见到字条后便着急地告别房主，急速地追赶部队去了。

可是他刚走不久，突然从桑木垭垭口传来了一声枪响，冰冷的子弹击中了他。他踉跄着沉重的身子，还想与战友们一起并肩作战，还想为更多的穷苦群众医治病痛，还想与乡亲们再聊上一会儿，可是，他的生命却永远定格在了18岁。当乡亲们循着枪声赶到的时候，卫生员早已倒在了血泊当中，他的手里还紧紧地攥着给老百姓治病的医药箱。他是为了给老百姓治病耽误了行程才牺牲的！老百姓非常悲痛，流着眼泪把他埋在了路旁的松树林。由于当时没有人知道他姓什么、叫什么，就在他坟头立上了一块石碑，写上了"红军坟"三个字，并且经常到他的坟前烧香祭拜。

红军虽然走了，但红军处处为穷人的行为，深深地留在群众心里，从而更加怀念红军，特别是经红军卫生员医治过病的穷苦人，对红军的怀念更为深切。在那黑暗的年代，人们对红军的思念，寄托在红军坟上。谁家有人出门未归，家里人就到红军坟求"红军菩萨"保佑平安无事，谁家人病了，也到红军坟来许愿，甚至谁家没生儿育女，也来红军坟祈祷。碰巧，家人平安回来了，病人好了，或真的生了儿女，他们就说红军坟"灵验"。这样一传十，十传百，远近几十里的老百姓都来烧香祭拜。红军坟在老百姓的心里，成了救苦救难的菩萨。

这个时候，反动派得知了红军坟的存在，就想要除掉红军坟，老百姓为了保护红军坟，就说里面的是"菩萨"，并且和反动派展开了一场场挖坟和护坟的斗争。一次，一个保长举起锄头挖坟时，刚把面前一块石头撬动，坟上的泥土、碎石轰隆一声坍下来，一块石头正砸在他脚上，鲜血直流。还有一次一个保丁不小心，锄头落在脚上，以为红军坟真有"灵"，心里十分慌张，老百姓在旁边趁机大喊："红军显圣了，红军坟动不得!"吓得那些保丁浑身发抖，跪在坟前，磕头认罪。保长见状只好给专员打电话请派兵前来助威，最终挖掉了红军坟。然而老百姓对红军卫生员的怀念却是挖不掉的。村里的老百姓为了重新堆起红军坟，此后不管下田做活还是赶场、走亲戚，只要从坟边经过，人们都会献上一把土、垒上一块石头。就这样日积月累，红军坟又重新堆起来了，而且比以前更大、更坚固。1954年，为了便于人们祭奠，人民政府将红军坟从桑木垭迁入红军烈士陵园内。半个多世纪过去了，红军坟前始终香火缭绕，遵义老百姓用这种特殊的方式表达了对红军的怀念，对共产党的爱戴。

1965年，中国人民解放军第三军医大学副政委钟有煌，带领学员到遵义野营，当他看到红军坟的简介后，联想到当年他在红三军团五师十三团任医生，当部队撤离遵义郊区驻地时，确有十三团三营卫生员龙思泉因外出给老百姓看病未能归队一事。钟有煌怀着对战友的真挚感情，离休后，用了很长时间多方反复调查核实，最后确认红军坟里长眠的就是他的战友龙思泉。龙思泉是广西人，父亲是位土郎中，他从小在父亲身边学会了用草药治伤治病。

历史当中有无数个像龙思泉一样的英雄儿女，他们不惜牺牲个人的一切，向我们诠释了中国共产党人的初心和使命，那就是——为中国人民谋幸福，为中华民族谋复兴。

甲鱼汤里见真情

李斌　罗荣桓故居管理处

▲

　　1945 年夏天，山东抗日根据地反"扫荡"斗争如火如荼。罗荣桓因 1929 年攻打梅县时不幸腰部中弹，一直未治愈，长期劳累，生活艰苦，医疗条件差，导致病情加重，他是经常躺在担架上指挥战斗。罗荣桓和战士们一样，穿的是褪了颜色的军衣，盖的是打了补丁的被子，吃的是高粱煎饼加点咸菜。即使身患重病，急需加强营养，他也从不搞特殊化。这可急坏了身边的工作人员。要改善罗荣桓的生活，但又不许打公家的主意，到哪里去找营养品给他滋补身体呀？

　　机会终于来啦！罗荣桓住在山东莒南县筵宾镇下河村的滕东余家，工作人员利用休息时间，去村东的小河里捉鱼捞虾改善生活，居然意外地摸到了一条小小甲鱼。大家喜出望外，赶紧招呼做甲鱼汤，烧水的烧水，剖甲鱼的剖甲鱼，好不热闹。不一会儿，一小碗香喷喷、热腾腾的甲鱼汤，就送到了罗荣桓面前。在那么艰苦卓绝的环境中，能够意外地找到一种能为罗荣桓滋补身体的甲鱼，这让每一个工作人员心里都有一种说不出的高兴和成就感，一个个眼睛瞪得大大的，一动不动地盯着罗荣桓，希望他快点喝下这碗难得的甲鱼汤。

　　罗荣桓缓缓端起桌上的甲鱼汤，忽然想起了什么，又放下了碗。他对身边的两个工作人员说："请你们把甲鱼汤送给房东老大娘。"因为老大娘也得了重病，还是罗荣桓安排卫生员为大娘看的病，老人也正需要补身子。

老大娘看到罗司令身边的战士送来的甲鱼汤，非常感动，说什么也不要，挣扎着从床上爬起来，硬是要他们搀扶着去见罗荣桓。她跨过门槛，走进院子，再推开罗荣桓办公室的门，一把抓着罗荣桓的手说："罗司令啊，这万万使不得，您是八路军司令，喝了这碗汤，能早一点养好身体，早点打败日本鬼子。我这把老骨头了，有点病正常啊！"

罗荣桓动情地说："老姐姐，你就喝了吧，八路军和老百姓本来就是一家人，我们一家人不说两家话。"老人最后实在拗不过罗荣桓，当着他的面，流着泪一口一口地把这碗甲鱼汤喝完了。说来也神奇，老大娘的病很快痊愈了，她那个高兴，逢人便夸，她的命是罗司令给的，八路军对咱

■ 反映一碗甲鱼汤故事的雕塑

— 173

老百姓真是好啊!

是啊!一碗小小的甲鱼汤,在今天看来,是一件再平常不过的事情。但是,也正是通过这碗小小的甲鱼汤,折射了我们党的领导干部那种赤诚的人民情怀。正是因为有了许许多多类似甲鱼汤的爱民故事,才出现了"最后一块布做军装,最后一袋米做军粮,最后一个儿子送战场"的拥军盛况;正是因为有了许许多多类似甲鱼汤的爱民故事,才传颂着"乡乡有红嫂,村村有烈士"的拥军佳话;也正是因为有了许许多多类似甲鱼汤的爱民故事,才能使我们更深切地领悟到"军民团结如一人,试看天下谁能敌"的深刻道理和不可战胜的磅礴力量!

(本文为集体写作)

哥哥站着来北京

阮心涯　胡耀邦故里管理局

▲

在 1983 年，年轻的胡德资通过招工到了岳阳县物资局当了一名普通干部，可上班还不到一个月，这个消息就传到了自己的亲叔叔胡耀邦那里。

胡耀邦知道这件事之后并不高兴，反而立即打电话给湖南省委说："你们湖南的招工出了问题，这股歪风，还刮到我们家来了。"就因为这一个电话，胡德资被退回了农村。事后，胡耀邦还写信给侄子说："不要打着我的旗号求人办事，要安心在家务农，争做新时期的好农民。"

因为这件事情，胡耀邦与哥哥胡耀福闹了不愉快，胡耀福在弟弟的办公室里，拍着桌子大怒说道："德资好歹是个中学生，人家愿意帮忙怎么了，你居然一个电话把他退了回来。"面对哥哥的质问，胡耀邦斩钉截铁地说："共产党人是给人民办事的，不是给一家一族办事的。"可是在气头上的胡耀福哪里听得进去，"以后你在北京当你的领导，我在家当我的农民。我这辈子再也不会来你这个地方了。"说完，摔门而去。兄弟二人整整两年的时间没有任何往来。

直到 1985 年 7 月，胡耀邦生病的消息传回家乡浏阳，胡耀福老人再也沉不住气了，决定赶赴北京探望弟弟。走之前，他用一个小铁桶装了

■ 胡耀邦与哥哥胡耀福

10斤自己家里榨的茶油，还有5斤豆子，都是弟弟爱吃的一些家乡土特产。炎热的夏天，老人在火车站排了很长时间的队，才买到一张去往北京的站票。一上火车，他便把油桶塞在别人座位底下，把装豆子的布袋放下，坐在过道里，由于妨碍别人过往，来来往往的旅客在他身上留下了一道又一道的脚印，没过多久，全身就脏兮兮的了。无奈之下，他只好坐到厕所门口，可又几次被人叫起来，最后只能缩在一个角落。这时，乘务员过来检票，看他一副乞丐模样，便上前问道："老人家，你是哪里人，去哪儿？有证明么？"胡耀福立刻说："有，有的。"随即，他从口袋里掏出站票，同时还有一张皱皱巴巴的红格信纸，上面清晰地写着："兹有我村村民胡耀福同志前往北京探亲，其弟胡耀邦系党中央总书记，特此证明。浏阳县中和乡苍坊村委会。"乘务员和旅客们都震惊了，胡耀邦的亲哥哥竟然持着火车站票去北京！旅客们纷纷起身让座，乘务员牵着老人的手说："胡大爷，您跟我来，先洗一洗，然后到卧铺上睡一觉。"胡耀福摇了摇头，说："洗一洗可以，这卧铺就不要了，我没有那么多钱。"乘务员

● 刘远华

胡耀邦的三哥叫胡耀福，耀福的儿子招了工，耀邦一个电话给退了。耀福拍桌发怒。然而，当弟弟病了，耀福却学着弟弟的为人上北京——

看望耀邦

悠悠岁月

2000 年 1 月 29 日，《湖南日报》关于胡耀福进京看望胡耀邦的报道

说："大爷，您只管放心，不用您掏钱！"老人连忙挣脱乘务员的手，说道："啊，那不行不行，如果——"话还没说出口，又立刻打住，没有说出的"下文"是——如果弟弟知道了，又会生气了吧。

"任何时候都不搞特殊化"是胡耀邦同志一生恪守的道德标准，深深地影响着他身边的每一个人，也成为他最鲜明的标签和最崇高的精神风范。"居官之所恃者，在廉；其所以能廉者，在俭。"胡耀邦在一笔一画写好廉字的同时，更是将俭贯穿自己的一言一行，并终生坚守。

1988 年 11 月，胡耀邦满怀着对故乡的思念，回到了湖南。到达长沙后的第十天傍晚，胡耀邦让服务人员做了一碗素面，用小勺加了一点辣椒油，就津津有味地吃了起来。然而，谁也没有想到，这是胡耀邦过的最后一个生日。

1989 年 4 月 15 日，胡耀邦同志因病逝世。他逝世后的卧室，依然保留着离去时的样子。卧室的布置简单而朴素，临窗的写字台上，放有 3 部电话机、1 个普通的台历、1 副老花镜和十几支铅笔，仔细看去，卧室里的床单补丁连着补丁，细细数来，有十多个，而枕头是用一件白色的针织背心缝制而成，里面塞的不是棉花，全是一些破布条子。胡耀福在弟弟逝

世后看到这番情景后失声痛哭："老弟你当那么大的官，怎么没享过一天的福啊！"

"屋矮能容月，楼高不染尘"，这是胡氏一族的祖训，也成为胡耀邦始终秉承的清廉家风，一直伴随他 60 年波澜壮阔的革命生涯。

用生命书写的扶贫故事

李霞　湖南党史陈列馆

▲

2017 年 2 月 26 日，常德石门青山肃立，澧水悲鸣。从石门县城到南北镇的薛家村，全程 130 多公里，道路两旁站满了送别的人。他生前的战友们来了，相濡以沫的妻子来了，倍加疼爱的女儿来了，方圆近百里的老百姓都来了。他们缠着黑纱，举着挽联，失声痛哭，一遍又一遍地呼喊着

■ 薛家村全村为王新法送行

■ 扶贫楷模王新法

他的名字，只为了送他最后一程。有谁见过这样的送别？是什么样的人可以赢得老百姓这样发自内心的爱戴？

他叫王新法，是一个不远千里从河北来湖南石门县薛家村义务扶贫的退伍老兵，一个承诺薛家村"一天不脱贫、一日不离开"的"名誉村长"。

2013年，王新法带着几件迷彩服、卷着铺盖来到薛家村，住进了一间四面透风的废弃多年的旧木屋。这一住，便深深地住进了薛家村每一个

■ 王新法带领薛家村奔小康

老百姓的心里。他每天清早出门，天黑回家，在灯下"做功课"。深夜里或是学文件，或是为村项目写规划、绘图纸。他的生活就像一架钟摆，一天只吃两顿饭，大多是馒头就着咸菜，过得就像个苦行僧。

王新法来薛家村时，这里是一个人均年收入不足2000元的全省贫困村。这4年里，王新法就像一个能量旋涡，带领着村民攻克了一个又一个难题。时任村委会

《生死状》

主任贺顺勇总结王新法的扶贫义举："吃自己的饭，花自己的钱，干村里的事儿。"在这里，他自掏腰包近百万元，带领村民修筑了15公里盘山道，架起了6座桥梁，把路铺到了30多户村民的家门口。引来了洁净的山泉水，成立生态茶园，人均年收入也从最初的2000元增至6000元，2016年，薛家村被评为"省级文明村镇"。薛家村的每一寸土地都有他的汗水和身影。修盘山道时，工程巨大，开山、炸石，可能会遇到危险，村民劝他不要干，王新法当场立下一份《生死状》，并按手印，承诺：如果出现不测，由自己承担后果。在他的感召下，有17个人跟着在《生死状》上按下血红的手印……

在薛家村海拔1200米的六塔山上，有一座叫山河圆的陵园，那是王新法来到村里第一个三年计划完成的项目。战争时期68名红军战士在薛家村舍身跳崖，壮烈牺牲，村民将他们的遗体偷偷就地掩埋，但一直没有

立碑。王新法听了后自掏腰包 60 多万元，修建了陵园，将 68 名红军战上的遗骸迁至六塔山安葬。"山河圆"上，有他不辞劳苦的干活背影，60 多岁的王新法，穿着满是破洞的白背心，脸晒得像黑炭，在山里和乡亲们一起抬石头，肩膀上的皮都磨烂了，脱了一层又一层。他曾说："长眠在这里的红军烈士，就是我坚守薛家村扶贫的精神支柱！"

王新法对待薛家村的老百姓是那样的慷慨，可对待自己的家人呢？他给村里投了 100 多万元，对于家人，这是一笔"巨款"。体弱多病的老伴孙景华每月退休金还不够自己吃药；女儿带孩子辞了工作，一家的开支，全靠丈夫的工资。王新法扎根大山近 4 年，留给家人的时间不足两个月。女儿清晰地记得，2013 年她生孩子，父亲没回家；2016 年 8 月，母亲住院，父亲也没回家。

是的，王新法来不及和家人道别，就累倒在了扶贫路上。他的归宿地成了亲人们最大的纠结。亲人们想让他叶落归根，可他生前最大愿望是看着薛家村的老百姓都过上富足幸福的日子，在当地老百姓的苦苦挽留下，王新法的女儿王婷说："这里，有他未竟的事业，这里的乡亲都是他的亲人。父亲长眠在这里，不会孤独。"如今他的骨灰被带上六塔山，永远留在了薛家村。

如今，王婷只身来到薛家村，继续父亲的扶贫之路，用自己的力量让这片土地更加富裕。

王新法，一位千里扶贫、献身湘土的燕赵义士，用自己的实际行动乃至生命书写了光辉的扶贫业绩，树起了扶贫路上的一座丰碑。

4 气壮山河篇

初心
永恒

巨幅历史画里的革命故事

白婷　延安革命纪念馆

▲

　　抗战时期，原籍四川的文艺青年石鲁，来到了革命圣地延安。火红的革命熔炉，苍茫的黄土大地，磨砺了石鲁的精神，开阔了石鲁的视野。中华人民共和国成立后，石鲁的艺术水平不断升华，成为 20 世纪中国书画领域的革新家，成为"长安画派"的领军人物。1959 年新中国成立十周年之际，正处于创作巅峰状态、喷涌着革命激情的石鲁，创作出以叙事、抒情、象征手法相结合的巨幅历史画《转战陕北》！

　　《转战陕北》构思独特，意境深远。作者首先用雄浑的黄土大地，构建了一个大气磅礴的空间，把观众带到了一个具体的历史情景之中。置身于山水中的毛泽东，只在山水间占很小的位置，却是整幅画中最浓重的一处墨色，显得极有分量，稳稳地压住了全局。

　　1947 年 3 月，国民党胡宗南部调集 23 万兵力向陕北解放区发起重点进攻，我军驻守边区的军队只有 2 万多人，严峻的形势下，中央决定撤离延安转战陕北。当时许多群众都想不通，毛泽东解释说："我军作战，历来不在于一城一地的得失，我们要用一个延安换一个全中国。"3 月 18 日黄昏，毛泽东、周恩来、任弼时率领党中央机关，撤离延安，开始了转战陕北的伟大历程。

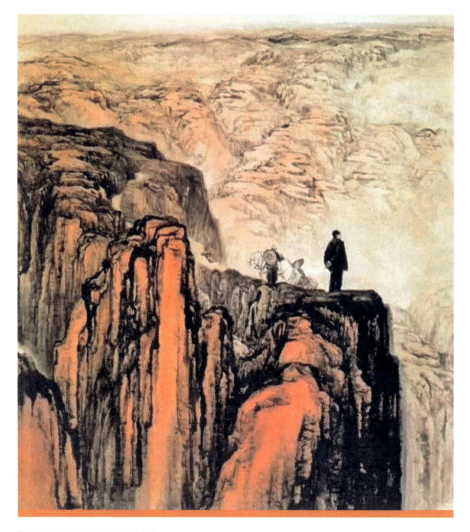

■ 石鲁创作的画作《转战陕北》

　　面对十倍于己的敌人，毛主席依靠陕北优越的群众条件和有利地形，采取"蘑菇战术"，与敌人在陕北高原迂回作战，巧妙周旋。首战青化砭，二战羊马河，三战蟠龙镇，40天内三战三捷取得了伟大的胜利，而胡宗南部则丢盔弃甲，疲于奔命，狼狈不堪。与此同时，毛主席巧妙部署了米脂沙家店和宜川瓦子街战役。毛主席与党中央的领导们，从容游走在陕北的黄土高坡间，矫若游龙、动静有度，不仅吸引了数十万敌兵，并寻机歼灭敌有生力量，而且为扭转全国解放战争的战局，发挥了一锤定乾坤的巨大作用，这一战争史上彪炳于史册的奇观伟绩，成为石鲁创作这幅巨作的灵感源泉。

而画面上，沉着屹立在山巅的毛泽东神闲气定，从容面对眼前的大山大壑。是啊，尽管前有险路后有追兵，但毛泽东的胸怀中，正蕴含着浩然之气，正隐藏着雄兵百万。他早已运筹帷幄，准备指挥一场彻底改变中国命运的大仗；他早已高瞻远瞩，眼光穿透了千山万水，看到了革命胜利的曙光！

转战陕北，共历时一年零六天，行程 2000 余华里。其间，毛主席指挥我军歼敌数万人，彻底粉碎了国民党的"重点进攻"，有效地策应了其他战场的人民解放军，由战略防御转入战略进攻，为全国提前解放奠定了

■ 转战陕北途中

基础。

　　马蹄声碎，喇叭声咽。随着岁月的流逝，当年毛主席转战陕北的伟大壮举，已渐渐成为历史的记忆。而通过石鲁的这幅巨作，把转战陕北的历史情境、领袖身处险境而神闲气定的胸襟气度，生动地再现在我们眼前，成为革命历史题材绘画的经典！

　　情动于衷，笔由心出，笔墨表达与重大革命历史主题水乳交融，艺术性和思想性完美统一，使《转战陕北》成为足以代表那个伟大时代的不朽杰作。

民族之事大于天

张博　杨家岭革命旧址

▲

古人曾说："江水三千里，家书十五行。行行无别语，只道早还乡。""国破山河在，城春草木深。感时花溅泪，恨别鸟惊心。烽火连三月，家书抵万金。"当年的那场抗日战争早已离我们远去，但战场上留下的一封封家书，却成为历史永远的见证。今天，当我们再次打开这尘封的家书，依然能读到硝烟和苦难、读到思念和牵挂，更能读到以死殉国的毅然决然。

左权将军是革命军队中早早陨落的将星，是中国共产党在抗日战场上牺牲的最高级别将领。烽火岁月中，他辗转战场，给家人写去一封封朴素而深情的家书，记载了一个儿子、丈夫和父亲，对家庭的眷恋，对未来的憧憬以及誓死奔赴国难的决心。战场上，他铁骨铮铮如天兵神将；家书中，他侠骨柔肠如缠绵书生。

1940 年 8 月，八路军指挥部动员了 100 多个团，在华北地区 2000 多公里的战线上，对日本侵略者发动了大规模破袭战，史称百团大战。左权作为主要指挥员投入战斗之中，但此时左权将军的女儿太北仅几个月大，这个刚毅的军事指挥员在家书中一变而为慈父，字里行间凝结着对女儿冷

■ 左权与女儿

暖关爱的骨肉亲情。

1942 年 5 月 22 日，左权从前线给妻子写信，憧憬着团聚的甜蜜。他闭口不谈眼前的危险，宕开一笔，谈生活，谈诗意。

> 之前，我托郭述申同志带给你一包东西；有几件衣服，几张花布，一封信。听说过封锁线时都丢掉了。可惜了，那几张布还不坏，也还好看，想着你替小太北做成衣服后，满可给小家伙漂亮一下，都丢掉了。这怪不得做爸爸的，只是小家伙运气太不好了……志兰！亲爱的，别时容易见时难。分离廿一个月了，何日才能相聚，念，念，念……不多谈了，祝你好！
>
> 叔仁

这封家书是左权将军壮烈殉国前三天写给爱妻刘志兰的最后一封信。1942 年 5 月 25 日，左权将军在掩护八路军总部突围时，不幸被弹片击中，壮烈牺牲，年仅 37 岁。他对家人的满腹柔情，唯有通过家书，传递给"亲爱的志兰"和"小太北"，直到他生命的最后一刻，一家人都不得相见。

7 月，当刘志兰在延安知道自己的丈夫遇难的消息时，悲痛欲绝，在延安撰写悼文《为了永恒的记忆——写给权》：

> 前几天，隐隐约约传来你遇难的消息，我不相信，自是一种悲愤和不安的心情而困惑着我，我想，我愿意用我 20 年的生命去换你的生存，哪怕是带着残缺不全的肢体归来。我将尽全力看护你，以你的残缺为我的光荣。……然而，今天，我连这一点都做不到了，对于革命，我贡献了自己的一切，也贡献了我的丈夫……愤恨填膺，血泪合流，我不仅为你流尽伤心的泪，也将要为你流尽复仇的血，你永远活在我的心里。
>
> ……
>
> 亲爱的，永别了，祝你安息！

在民族危亡的关头，左权将军选择了义无反顾，选择了血洒沙场。重读这些家书，写信的左权似乎不再是一个普通的父亲，他格外想念妻子，惦念女儿的一切。但民族之事、国家之事，大于天。

正如张自忠将军在家书中所言："国家到了如此之地步，除我等为其死，毫无其他办法。更相信只要我等能本此决心。我们的国家及我五千年历史之民族，绝不亡于区区三岛倭奴之手。为国家民族死之决心，海不清、石不烂。"

祖国受侵略、母亲受凌辱、人民身陷水深火热的抗战年代，爱国人士抛妻弃子，远离家乡，义无反顾地走向战场，把一腔热血、青春无悔熔铸成永远的丰碑。他们用生命为刃，以鲜血染戟。名将以身殉国家，愿拼热血卫吾华,英雄的故事从不落幕。透过这些家书看到的是顽强不息的民族之魂,是中华人民共和国的国魂,带着历史的气息,燃烧在每个华夏儿女的心间,永不熄灭,永远铭记。

在血与火中结下革命种子

周甜　南昌八一起义纪念馆

▲

在南昌八一起义纪念馆展厅墙壁上，有这样一幅油画，画中描述了一群年轻战士奋勇拼杀的场景，这些战士平均年龄只有 17 岁，正值青春年华。但这些鲜活的生命却永远定格在同一天，保留在了这幅画面上，这一天究竟发生了什么？

故事要从南昌起义说起。1927 年 8 月 1 日，在中国共产党的领导下，周恩来、贺龙、叶挺、朱德、刘伯承率领 2 万多名起义军在南昌举行起义，打响了武装反抗国民党反动派的第一枪。随后，起义部队按原计划分批撤离南昌南下广东，于 9 月中旬到达三河坝。在这里，起义军遭遇了南下转战中最惨烈的一场战役。

三河坝位于广东省大埔县境内，因处于汀江、梅江、梅潭江三江交汇之处，因此得名。这里自古以来就是粤东水路交通要冲，为兵家必争之地，素有"得此控闽赣，失此失潮汕"之称。为了保护主力向潮汕转移，朱德奉命率领 3000 余名官兵留守在此阻击敌军。可就在我军主力部队刚刚离开三河坝不久，蒋介石就派悍将钱大钧，率领 3 个师近 3 万人紧追而来。

3000 余名起义军要阻击近 3 万敌军，这是全军交给朱德的任务，也是一场以一当十的生死搏斗。

战斗一开始就打得异常激烈,国民党部队仗着兵多势重、武器精良,用密集的炮火持续向我军阵地进攻。三河坝在刹那间硝烟弥漫,血流成河,炮弹爆炸后的浓烟,让人几乎看不清任何东西。敌军还妄图在炮火的掩护下,强行偷渡,却遭到了起义军的顽强抵抗。战斗持续了两天两夜,面对十倍于己的敌人,起义军没有丝毫胆怯。

战斗到了最后一天,我方兵力只剩下 2000 多人,为了给主力部队向海陆丰进军争取时间,为了让更多的战士活着出去,在那满是战友尸体的山坡上,朱德召集全体官兵讲话:"同志们,这几天我们孤军奋战牺牲了很多战友,现在阻击任务已经基本完成,我们大部队要撤离三河坝。为了让更多的人活着出去,我决定,留下 200 人断后。当然,留下的人活着出去的希望很小,所以,听我命令:父子同军的,儿子出列;兄弟同军的,弟弟出列。大家要记住,革命的道路还很漫长,我们要为中国革命留下种子。"

油画《血战三河坝》

突然，出列的队伍中一个声音高喊道："我叫蔡晴川，申请留下！"

"我叫孙树成，愿意留守！"

"我叫王一平，我留下！"

"我是孤儿，我留下！"

"我留下！"

"我留下！"

"我留下！"

山坡上此起彼伏地回荡着起义将士的呐喊。望着一张张满是血迹和汗水的脸，朱德的心中隐隐作痛，他满含热泪地给战士们行了一个深情、庄重的军礼。

大部队走后，留守断后的200多名英勇战士在三河坝迎来了生命中的最后一战。面对几十倍于己的敌人，他们没有退缩、没有胆怯。子弹用完时，营长蔡晴川带头用刺刀杀敌30余人，看见敌人拿着刺刀冲向战友时，他拼尽全身最后一丝气

■ 八一起义军三河坝战役烈士纪念碑

■ 三河坝战场遗址田家祠堂墙壁上革命标语"誓死杀敌"

雕塑《石破天惊》

力，将刺刀插进了敌人胸膛。可蔡晴川，却永远地倒下了。也就是在这一天，200多个年轻的战士全部壮烈牺牲，在三河坝献出了自己的生命和热血。

起义将士在三河坝战役中的英勇壮举，永远铭刻在人民心中。根据当年报纸报道：江水被战士们的鲜血染红，江面上都是尸体，当地居民长时间都无法饮用这江水……中华人民共和国成立后，当地农民整理这块土地的时候，挖出几百名战士的遗骸，许多战士牺牲时手中还紧握着钢枪。在三河坝战场遗址田家祠堂墙壁上，至今还保留着当年的革命标语"誓死杀敌"！

1963年，三河坝人民在当年起义军战斗过的笔枝尾山顶，建起了纪念碑。虽然此时的三河坝早已远离了枪声，战争的硝烟已经散去，但烈士们坚强的革命意志、勇敢的战斗精神却永远铭记在当年指挥战役的朱德同志心中，他怀着沉痛的心情和对烈士的无限缅怀、敬佩之情题写碑名"八一起义军三河坝战役烈士纪念碑"。时任第二十五师师长周士第同志撰写了碑文，以此纪念在三河坝战役中牺牲的革命烈士。这些烈士是那么年轻，是那么鲜活！

可大家知道吗，这粒在血与火中播下的革命种子，也在中华大地上生根发芽，在风风雨雨中茁壮成长。没错，正是他们的牺牲，才有了朱德率领的南昌起义余部与毛泽东率领的秋收起义余部在井冈山的胜利会师，点燃了工农武装割据的星星之火。后来南昌起义的时间被定为建军纪念日，从此"八一"在军旗、军徽上闪光。

家书见初心

张琼瑾　井冈山革命博物馆

▲

90多年前的井冈山上，一位意气风发的革命青年正给未婚妻写信："我天天跑路，钱也没有用，衣也没有穿，但是精神非常的愉

■ 1922年陈毅安（又名陈斌）赠给李志强的贺年片（原件，国家一级革命文物）

■ 1922年陈毅安(又名陈斌) 赠给李志强的贺年片(原件，国家一级革命文物) 上图：
左为陈毅安用英文书写"赠给我的心上人 李女士 陈斌"；右印有英文"祝愿新年快
乐"
下图为李志强注释："1922年元旦毅安送我的贺年（拜）片。谁知我也好似画片上
的女士一样，学成了一位为人民服务的话务员。此片是三十年前的纪念品，真可
贵也！ 志强一九五五年住北京罗家大院胡同甲五号批写。"

快，较之从前过优美生活时代好多了，因为是自由的。绝不受任何人的压迫。但最忧闷、最挂心、最不安适的，就是不能同你一起，而且信都很难同你通了。这是何等的痛苦啊！"字里行间洋溢着朝气又满含爱意。写信人是一位红军将领，他历任工农革命军第三十一团一营营长、红五军参谋长、长沙战役的前敌总指挥。他骁勇善战，参加过秋收起义、曾在黄洋界保卫战中立下赫赫战功。他就是共和国烈士——陈毅安。

陈毅安是湖南湘阴人。15 岁时考入湖南甲种工业学校，求学期间他就立志救国。19 岁时，他领导工农运动并加入了中国共产党。其间，陈毅安与进步青年李志强相识，他们畅谈人生理想，志同道合，订下了婚约。随后，陈毅安投身革命，他们分隔两地，鸿雁传书。

1926 年，21 岁的陈毅安考入黄埔军校，他与众多有志学子相聚一堂，怀抱理想奋发图强，决心救国救民。陈毅安很热爱学校生活，他说黄埔是东方觉悟青年的集中点，能在那就读，幸福不浅。在黄埔军校，陈毅安写给李志强的信里，谈革命理想、谈学校生活，也表达相思之情。这些书信里，陈毅安总在要求李志强做自己的同志，才是真正的爱人。他立誓要把所学一切投入革命："不达目的地——烈士墓不止。"

四一二反革命政变后，面对血雨腥风，他写道："思前想后，除了我们努力革命，再找不出别的出路。把一切旧势力铲除，建设我们新的社会。这个时候，才能实现我们真正的恋爱。"

李志强 1948 年和儿子陈晃明在长沙合影

1927 年，陈毅安随秋收起义部

队上了井冈山。他既负责后勤工作，又领导军事斗争。他帮助建立了兵工厂、医院、军械厂。他多次上前线指挥战斗，高陇战役、新城战役、龙源口战役捷报频传。在著名的黄洋界保卫战中，决定性的一炮也是由炮科出身的陈毅安打出来的。这一枚炮弹正中敌人的前沿指挥所，打出了"黄洋界上炮声隆"的气势。

枪林弹雨下的家书更难送达，戎马倥偬间他坚持给未婚妻写信。

1928年12月，在一场战斗中，陈毅安小腿被打穿，送进小井医院治疗。不久敌人对井冈山

■ 李志强1961年和孙子陈正烈在北京合影

发动第三次"会剿"，党组织决定安排陈毅安返回家乡养伤。1929年10月，陈毅安和李志强在通信8年后终于完婚。婚后生活是幸福甜蜜的，但陈毅安始终牵挂前线，他积极锻炼，做好了重返战场的准备。1930年7月，他接到了彭德怀的来信，接信后的第三天，陈毅安便告别妻子，启程归队。

回到红军部队的陈毅安，随即被任命为长沙战斗的前敌总指挥，在攻打长沙的战斗中，他亲自指挥敢死队，突破敌人据点首先入城。各路大军像潮水一般涌进长沙，2000多敌军被包围缴械，红军占领长沙。

红军占领长沙期间，李志强因为怀有身孕也在长沙调养。他们有了短暂的会面。撤离长沙前，陈毅安来到李志强住处，向她告别。得知李志强怀孕，陈毅安听了十分高兴。他说："将来生下来，无论是男是女要和我

■ 毛泽东亲笔签发的陈毅安革命牺牲军人家属光荣纪念证

一起干革命。"他又说:"如果今晚发生战斗,我必然上前线指挥作战,这是革命的需要,随时都有牺牲的可能。如果我不在人世了,就会托人给你寄去没有任何字的信。你见到这信,就不要再等我了。"他满含深情地说完这些话,便和李志强道别。却不知这一别,竟然就是永别。

当晚,国民党以数倍兵力反攻长沙。陈毅安组织了爆破队多次打退敌人的进攻,大部分部队都顺利撤离。可是市中心的军团政治部还在敌军包围中,彭德怀听到这一情况后,决定由他和陈毅安亲自带领部队发起进攻,掩护政治部出城。战斗打得最紧张的时候,陈毅安对彭德怀说:"子弹打得这么密,你快走开吧,让我在前线指挥。"

天快破晓，陈毅安还在战斗前沿，他带领战士们朝着枪声最密集的地方前进，突然敌人的一挺机枪从侧面向他开火，他应声倒地，腰部连中四弹，壮烈牺牲。这是 1930 年 8 月 7 日的清晨，陈毅安时年 25 岁。

几个月后，李志强收到了一封信，看到信封上熟悉的字迹她欣喜不已，可打开一看却是两页空空的信纸。她立刻想到那个约定，她不相信丈夫已经牺牲，锲而不舍地多方打听，可都杳无音信。不久，李志强生下一个男孩，她按日月光明之意，给孩子

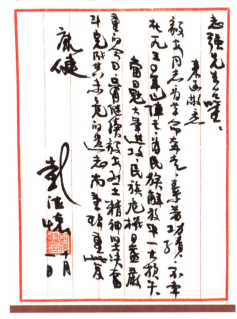

八路军副总司令彭德怀 1937 年 10 月 1 日自八路军总指挥部的来信

取名晃明。抗战全面爆发后，李志强又再次打听丈夫的下落。不久后，彭德怀复信给她："毅安同志为革命奔走，素著功绩。不幸在一九三〇年已阵亡。"信笺从李志强的手中缓缓飘下，泪水顿时夺眶而出。年幼的晃明见妈妈突然痛哭不已，不知发生了什么可怕的事情，也放声大哭，一边哭一边却又揪紧妈妈的衣角，安慰她："妈妈，不哭，妈妈不哭。"

李志强就这样痴情一生，为陈毅安守家整整 63 年。一封封饱含深情的家书陪伴了她 22999 个日夜直到她离开人世，遵照老人的遗愿，她和陈毅安合葬在了井冈山的青山翠柏中。

红色家书跨越时空，历久弥新，见证了革命先辈的初心和使命。当年，老一辈革命家为什么能够汇聚在井冈山，在这里抛头颅、洒热血？答案只有一个，那就是共产党人的初心和使命是：为中国人民谋幸福，为中

华民族谋复兴。百年来，为了中华民族伟大复兴的历史使命，中国共产党人始终初心不改，矢志不渝。虽然时代变迁，但精神是永恒的，只有不忘初心，才能告慰历史，告慰先辈；只有不忘初心，才能赢得民心，赢得时代。今天，我们从这一封封家书上，仍能感受到先烈不朽的灵魂之光和家书背后炽热的初心。

八子参军八英烈

刘曦 瑞金中央革命根据地纪念馆

▲

瑞金是红色故都，共和国的摇篮，当年红军和中央机关在瑞金驻扎了
5 年零 8 个月时间，在这 5 年多时间里，瑞金人民全力支援革命战争，积
极捐粮、捐物、参加红军，仅 24 万人口的瑞金，支前参战的就有 11.3 万
人，其中牺牲了 5 万多人，有名有姓的烈士就有 17166 名，其他的连名字

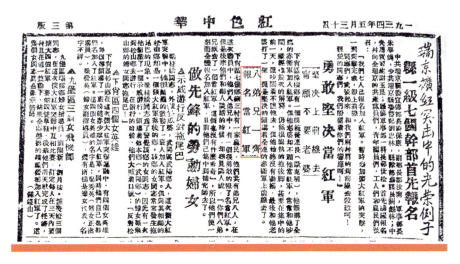

1934 年 5 月 30 日的中华苏维埃共和国临时中央政府机关报《红色中华》第三版报道了题为"八
兄弟一齐报名当红军"的事迹

■ 农民争相报名当红军

都没有留下，长眠于这块红土地中。所以走进这块红色的土地，我们脚下的每一块土地都掩埋着烈士的忠骨，都附着着烈士的英灵，都记载着苏区人民为中国革命胜利的无私奉献、流血牺牲的感人故事，八子参军就是其中之一。

1934 年 5 月 30 日，中华苏维埃共和国临时中央政府机关报《红色中华》第三版报道了题为"八兄弟一齐报名当红军"的事迹。杨荣显是瑞金沙洲坝下肖区七堡乡第三村农民，有 8 个儿子。一家世代遭受地主剥削，生活过得十分艰难，家中穷得"上无片瓦，下无寸地，身穿破衣裳，家无隔夜粮"。后来，共产党来了，红军来了，给他们家分了田分了地，几个儿子也娶上了媳妇，日子一天比一天好。

1931 年 11 月，苏维埃临时中央政府在叶坪成立的第二天，杨荣显高高兴兴地带着老大、老二两个儿子来到参军报名处，替两个儿子整了整衣领，正要回去，突然又转过身，严肃地对两个儿子说："儿啊，跟着红军好好干，你们的孩子我会照看好。"不幸的是，不到三个月，两个儿子便战死沙场。噩耗传来，年过七旬的杨荣显老人一句话也没说，转身便进了屋，隔窗看到儿媳怀中嗷嗷待哺的孙儿，老人心如刀割。

1932 年，为了扼杀新生的红色政权，蒋介石又纠集了 40 万兵力，对中央苏区实行更大规模的"围剿"。

在前方战事吃紧、后方兵员短缺的情况下，苏维埃政府发出了"扩红支前"的号召。一时间，到处都能看见红军官兵匆忙的身影，到处都能看到躺在担架上转移的伤员。

而杨荣显家里，却看似比往常更加平静，原本就沉默寡言的老人话更少了，几个兄弟也一言不发，看起来心事重重。

这一天，吃过晚饭后，杨荣显突然把 6 个儿子叫到老大老二的灵位前。老人拿起老大老二的灵位细细擦拭，时不时抬起头，看看 6 个儿子年轻的脸庞，几次想要说什么，却又欲言又止。

"爸，我要去当兵，为哥报仇。"老三终于打破了沉默。老人看着老三，刚要说什么，就听见老四、老五、老六、老七、老八几乎异口同声地说："我也要当兵！"

老人看着这 6 个儿子，一脸正色道："当红军不是去享福，何

■ 宣传画：八兄弟当红军

况老三你刚结婚，万一……我怎么向你媳妇、向你娘交代？"

老三立即接过老人的话茬坚定地说："爸，没有红军我们哪来的田，哪来的地，哪来今天的好日子，媳妇也支持我去当红军！"听后，杨荣显老人含着泪水难舍而坚定地点了点头。

第二天，杨荣显就把6个儿子送到区苏维埃政府报名应征，由于老七、老八年纪太小，没有被批准参加红军。后来，老七、老八还是瞒着杨荣显进城，虚报年龄报名参加了红军。

经过苏区军民艰苦作战，粉碎了敌人一次又一次的"围剿"，可杨家的老三、老四、老五、老六也都先后牺牲在战场上。

此时，担任红军总政治部秘书长的邓小平听说了杨荣显的事，专门派人看望了老人家，并告诉他，部队已下了决心，帮他找到老七、老八，把哥俩送回老人身边，可杨荣显怎么也不答应。

最后，几经周折，终于在广昌战役的战场上找到了老七、老八。哥俩说，等打完广昌这一仗再回去。可就是这一仗，兄弟俩再也没有回来……

听到老七、老八牺牲的消息，杨荣显老人再也忍不住悲伤，不由老泪纵横，捧着儿子的遗物，踉踉跄跄，朝着村头儿子当年参军离家的方向走去，口中喃喃自语："儿呀，原谅你们的爹吧！爹也没有想到你们一个个都回不来了呀！""老三，你本该回来的，你走的那天是你新婚的头一天，可怜你媳妇天天在村口等啊、盼啊，可你怎么也不回来呀！"

红军长征以后，杨家的女人孩子又全部被国民党反动派杀光，连房屋都被放火烧毁后扒平了。杨荣显一家八子参军，前仆后继，壮烈牺牲的感人事迹是红都瑞金人民倾尽所有、支援革命战争的一个缩影。当年，正是有千千万万的苏区群众和无数烈士的舍生忘死，才让我们的生活变得更加美好、更加幸福，凝聚成一代代传承的精神血脉！如今，这个真实的故事已被改编为赣南采茶戏《八子参军》并在全国巡演，2019 年还拍摄了电影《八子》，让更多人都知道了中国革命战争年代一群普通农民为了国家利益、为了革命信仰抛头颅洒热血的家国情怀。

为革命洒尽最后一滴血

涂桐桐　遵义会议纪念馆

▲

在遵义湘江河畔的红军烈士陵园里，长眠着一位中央红军长征中牺牲的军事将领：红三军团参谋长邓萍。

邓萍生于 1908 年，四川富顺人。1926 年考入黄埔军校第五期武汉分校，1927 年加入中国共产党，1928 年参与领导了平江起义，同年冬和彭德怀一起率部队到达井冈山，参加保卫井冈山革命根据地的斗争。1930年开始，参加了中央苏区历次反"围剿"，在中央苏区，邓萍南征北战，战功卓著，成为红军的著名将领；1934 年 10 月参加长征，协助彭德怀指挥红三军团，担任右路前卫，掩护中共中央机关和红一方面军主力突围。

1935 年 2 月 27 日在遵义战役中，邓萍与红三军团十一团团长兰国清、政委张爱萍等人在小龙山观察对面老城的敌情时，对兰、张二人说："今晚发起总攻，情况紧急，一定要在明天拂晓之前，拿下遵义城。"邓萍的话还没有说完，他的头部被一发子弹击中，倒在了张爱萍的怀中。殷红的鲜血染满他的衣襟。邓萍不幸中弹，当场壮烈牺牲。当军团长彭德怀从张爱萍的电话中得到这个噩耗，一时如五雷轰顶，想到与自己朝夕相处、患难与共的战友突然离去，这位从不流泪的硬汉不禁热泪滚落而下。就在昨天早晨他们还在娄山关握手道别。彭德怀没想到这一次惯常的握手竟成了永别。邓萍的遗体被安放在一处背风的洼地里，一盏风雨灯挂在一棵小树上发出昏黄的光。彭德怀颤抖着双手，轻轻掀开盖在邓萍身上的白布被单，心如刀绞。他掏出手巾小心翼翼地为战友擦去脸上的血迹和尘土，并摘下军帽，低头默哀鞠躬。四周一片寂静，连不远处小河的流水声都听得十分清晰。这是恶战前短暂悲壮的寂静。回到指挥所后，彭德怀立刻下达攻城的命令，他手拿着电话筒几乎在吼："拿下遵义城为参谋长报仇！"

遵义战役胜利后，张爱萍怀着十分沉痛的心情挥笔写下了一首挽诗，来悼念自己的这位战友："长夜沉沉何时旦？黄埔习武求经典。北伐讨贼冒弹雨，平江起义助烽焰。'围剿'粉碎苦运筹，长征转战肩重担。遵义城下洒热血，三军征途哭奇男。"张爱萍的这首挽诗高度概括了邓萍烈士短暂而又伟大的一生，邓萍牺牲时年仅 27 岁。

新中国成立以后，彭德怀深情地追忆道："从平江起义到井冈山斗争，从江西苏区转战到长征途中，直到他牺牲前，我们一直在一起工作，互相配合得很好。邓萍对党和人民的革命事业忠心耿耿，作战指挥沉着果断，英勇顽强，是一个很有才干的优秀军事干部。"并强调说："邓萍这个人是值得纪念的。"

邓萍，这位忠诚的共产党员，红军的优秀指挥员和杰出的青年将领，在北伐战争的烽火、平江起义的枪声、井冈山上的号角和长征路上的悲歌中，无不留下他的英勇足迹和卓著战功。这位出色的军事家，为了中国劳苦大众的翻身事业，不畏艰险，身体力行，洒尽了最后一滴血，以身殉国，无愧于共产主义战士的伟大英名。

每当我们一次次讲述着那些红色英雄故事、捧读那一段苦难辉煌的历史、瞻仰那些洒满革命烈士鲜血的革命旧址时，无不激情澎湃，热泪盈眶。我们作为红色文化的传承者，要继承和弘扬革命精神，讲好红色故事。

横刀立马"切尾巴"

李亚楠　吴起中央红军长征胜利纪念园

▲

以往，人们将中央红军长征中摆脱国民党反动派围追堵截的著名的吴起镇"切尾巴"战役称吴起镇战斗，或吴起镇反击战，只有《吴起县志》《吴

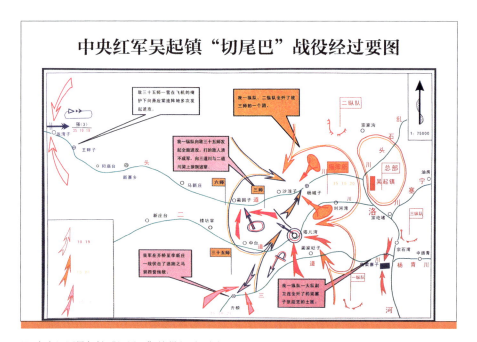

■ 中央红军吴起镇"切尾巴"战役经过要图

起县军事志》和吴起县的文史资料将此次战斗称为吴起镇"切尾巴"战役。

1935年10月18日，中共中央率中央红军(中国工农红军陕甘支队)进入吴起境域西部。中共中央和中央红军领导人毛泽东等随行的一路，在铁边城镇西南的海眼沟村白城畔遭到国民党军飞机的轰炸。飞机撂下了两颗炸弹，红军部队人马披蒿草伪装，并组织对空射击，所幸未造成重大伤亡。部队沿张户岔、田百户入石涝川，通过川口的阎王砭后，将险要狭窄路段炸毁。当晚，中共中央和中央红军领导人毛泽东等在距铁边城东南十里的张湾子村宿营，并召开中共中央政治局常委会议，决定打破蒋介石对陕北苏区及陕北红军的第三次"围剿"。尾追的国民党西北军第四纵队第三十五师马鸿宾部直属马培清骑兵团，因道路无法通过，只好退回约十里地的油寺村宿营。为了追击中央红军，他们派人连夜修通了道路，第二天沿头道川南下。一路中央红军进入铁边城镇南

■ 寨子梁前沿指挥所

庄畔村背咀子，经过南庄畔、刘泉沟、邢河，进入头道川的窨峁子、王畔子。

10月19日上午，敌军3架飞机轰炸，中央红军干部团后卫部队在王畔子、新寨、白屯儿等地多次组织歼敌，仅张湾子到新寨一段就打死敌三十五师骑兵团战马24匹。晚上，中共中央和中央红军领导人在吴起镇新窑院召开军团以上干部会议，研究了消灭尾追之敌的作战部署。

中央红军进入吴起镇后，在200多平方公里的区域布下口袋阵。第一纵队在吴起镇及二道川塔儿湾以东，埋伏在三道川和二道川与头道川之间的大峁梁山岭；其第四大队埋伏在头道川杨城子南北两岸山坡上；第二纵队进入吴起镇东北乱石头川的梁台、朱家梁、郭沟门一线，埋伏于头道川与乱石头川之间的夏田地梁山岭上；第三纵队进入吴起镇东南宁塞川的宗圪堵、白沟洼、走马台、刘坪，埋伏在吴起镇东侧的燕窝山山岭。

10月20日，头道川的沙洼子、马片沟、蔺园子上空有敌机侦察轰炸，尾追的敌三十五师骑兵团在沙洼子上了南山大峁梁山岭修筑工事，企图扼守，准备在二道川塔儿湾宿营。东北军骑兵军第六师师长白凤翔任"追剿"红军总指挥，率本师骑兵第十六团、第十七团、第十八团和骑兵军第三师两个骑兵团（该师副师长张得福任副总指挥）从正面推进。中央红军第一纵队第四大队在杨城子截断敌军退路并与之激战，歼灭敌第三师一个骑兵团，击溃敌第三师一个骑兵团和第六师三个骑兵团。

10月21日凌晨四时半，毛泽东等渡过洛河，步行经平台山、大峁梁，五时半到达寨子梁（今统称"胜利山"山岭）杜梨树下的前沿指挥所，同第一纵队领导人林彪等召开了战前动员会，反复强调打好这一仗的重要意义。当日，敌军3架飞机从大峁梁向吴起镇俯冲轰炸，投下5颗炸弹，炸伤人、畜，并炸飞了碾轱辘和碾盘。第一纵队第二大队采用"脑后摘金瓜"战术，从三道川翻过金堂口子山在塔儿湾南山向敌第三十五师骑兵团发起猛攻。该团大乱，团长马培清随即指挥兵力向北撤上大峁梁山岭，逃跑近 10 华里后，其警戒连被第一纵队主力围歼。在头道川沙洼子至杨城子一线，头道川河南北两翼的红军配合，截住敌骑兵第六师前锋的骑兵第十七团（团长李翰忱）和敌第三师一个骑兵团，全部缴械俘虏。敌第六师骑兵第十六团、第十八团被击溃，白凤翔率残部逃跑，红军追击 50 余里。马培清率残部向甘肃省华池县元城子逃跑，在三道川的齐桥被第一纵队第二大队伏击。红二师、红四师和红三军团还在三道川的齐桥、李新庄一带阻击了国民党骑兵第三十二师、第三十六师的两个骑兵团。

10 月 22 日，中央红军第一纵队直属队党总支书记萧锋率警卫连、工兵连攻打金佛坪张廷芝部张杰儒、张珍儒民团驻守的豹梁寨子，击溃 100 多人，活捉地主 25 人。中央红军牺牲 2 人，负伤 4 人。

吴起镇 "切尾巴" 战役中，中央红军第一纵队一、二、四、五、六大队，第二纵队八、十、十三大队八个团和第三纵队共约 5000 人参战，牺牲 200 余人，其中有第二纵队政治部秘书长李鸣铁、第三军团卫生部政委胡定国、第一纵队第二大队大队长李英华、第二纵队第十大队大队长黄珍、红三军团第十团政治部主任方镇钧。

国民党军六个骑兵团参战，约 12000 人，被红军歼灭 3 个团、击溃 3 个团，死伤 1000 多人，被俘 1000 多人。我军缴获山炮、迫击炮、轻重机枪数十门（挺），缴获战马 1720 余匹，其中驮马 800 匹，还有各种枪支、弹药、马刀、电台、炊具、食品等。战后，毛泽东风趣地说："步兵追骑兵，在世界作战史上创造了个奇迹！"并作六言诗《给彭德怀同志》：

山高路远坑深，
大军纵横驰奔。

　　　　谁敢横刀立马?

　　　　唯我彭大将军。

　　至此,中央红军切断了长征途中一直甩不掉的"尾巴",结束了长征中的最后一仗,宣告了举世闻名的二万五千里长征胜利结束。

(本文为集体写作)

中国对外广播第一人

惠文学　延安新闻纪念馆

▲

　　那是 1951 年冬天，窗外飘着雪花。在东北沈阳政府大院的一间办公室里，一位 40 岁左右的名叫原清志的女干部正坐在办公桌前整理着资料。突然门开了，走进来一位农民打扮的老汉，后面还跟着一个十七八岁的姑娘。老汉是原清志丈夫的哥哥，十多年没见面了，两人都欣喜万分。寒暄过后，原清志望着躲在老汉身后的姑娘，疑惑地问："这位是……"

　　老汉说："这就是你的女儿——道子啊!"

　　"道……子?"原清志愣住了，呆呆地望着女儿。"这就是我朝思暮想的女儿吗? 这就是那个在我怀里牙牙学语的道子吗?"15 年的苦水，一起涌上心头，眼泪像泉水一般夺眶而出。

　　"道子，我的孩子呀!"原清志大叫一声，扑上去抱住女儿大哭起来。突然，默不作声的道子猛地将母亲推开，哭叫着："我不认识你这个妈妈! 我 3 岁还不懂事的

■ 原清志

■ 延安新华广播电台日语播音室旧址

时候，你就丢下我走了，你心里就根本没有我这个女儿！"

听到女儿这样说，原清志心里像针扎了一样疼痛难忍，半天说不出话来，突然身子一软，倒在了地上。

这是怎么回事？为什么当初一个做母亲的要抛下自己的亲生女儿？为什么这对母女时隔 15 年才得以相认呢？

原来，这个叫原清志的女干部并不是中国人，她出生于日本东京一个贫困家庭，父母在她很小的时候便相继离开了人世。18 岁时，她与一位名叫吉元七郎的日本共产党员结了婚。九一八事变后，她的丈夫因反战被关进监狱，就在女儿道子出生后不久，她的丈夫不幸去世了，那一年，原清志才 23 岁。后来，她进了一家书店做店员，结识了中国进步留学生程明升，两人相爱并结了婚。程明升毕业后回到中国参加了抗战。原清志长期受进步思想的熏陶，认识到丈夫和他的同志们所做的都是伟大的事业，于是，她便抱着女儿道子也来到了中国，毅然决然地随丈夫一起参加了八路军。

参军后，原清志被分配到八路军总司令部工作，由于她精通日语，所以，朱德总司令就指派她去延安担任延安新华广播电台的日语播音员，可原清志夫妻俩都在部队工作，3 岁大的孩子由谁来照管呢？经过一番犹豫，终于决定将女儿道子送往程明升的在河南新乡农村的哥哥家里代养。

离别是痛苦的。原清志永远忘不了分手时女儿那撕心裂肺的哭喊声。当时，她的心在流血，就像用无数把刀尖在剜。她不敢回头看一眼，甚至骂自己太狠心，怎么舍得丢下自己的亲生骨肉呢？为了弥补心中的愧疚感，她决定只要一有机会就回来看女儿。

但是，在当年那个战火连天的岁月里，这个想法竟然成了遗憾，这次离别，一晃就是 15 年。

1941 年 12 月 3 日，是原清志一生都难以忘怀的日子。这一天，她第一次走进极其简陋的延安新华广播电台的播音室，第一次用日语——她的母语，向她的同胞，也是她极为痛恨的在华的日本侵略者播音。经过长期坚持，日复一日的宣传，影响越来越大，效果越来越好，日军中先后出现了小林、杉本、中小路等一大批改恶从善、弃暗投明的人，从而涣散了日本军心，瓦解了日本军队。在此期间，原清志曾被日本军官辱骂为叛徒、卖国贼，但她忍受着心中的委屈与痛苦，始终坚持着日语播音，一直到抗战胜利。

中华人民共和国成立后，原清志并没有回国，而是留在了中国，她已经把中国当成她的第二个祖国了。1941 年 12 月 3 日这一天，被认定为中国人民外语广播创办日，原清志也光荣地成为中国对外广播第一人。

回到开头母女相见的那一幕：原清志晕倒后，女儿道子赶紧抱起母亲哭叫着："妈妈，刚才是我不对，请你原谅我！"原清志慢慢地从昏迷中醒来，摇摇头说："不，应该请求原谅的是妈妈！妈妈在你只有 3 岁的时候就抛下你，妈妈没有尽到一个做母亲的责任，妈妈对不起你呀！可孩子，人心都是肉长的，哪个当妈妈的不心疼自己的孩子啊！这 15 年里，几乎每到夜深人静的时候我都会想起你，想起你那稚嫩的小脸，多少次我好像听到你在哭喊妈妈，每一次我都会从梦中被惊醒……这 15 年已经错过了，从今往后，我要一直守着你，永不分离!"母女俩紧紧地抱在了一起。

原清志只是一位普普通通的新闻工作者，但她作为一名日本共产党员，却完全自愿地来到中国，为了心中的正义感，忍痛离开自己的亲生骨肉 15 年，这种舍身忘我、无私奉献的精神不正是我们学习的榜样吗? 原清志，这个响亮的名字永远留在了我们中国人民的心里，让我们共同向在艰难岁月里同中国人民一起并肩作战的这位国际友人致以深深的敬意!

秧歌剧里的劳动英雄

冯博文　杨家岭革命旧址

▲

雄鸡，雄鸡，高呀么高声叫，叫的太阳红又红。

这歌词，就是出自当年红遍各抗日根据地的秧歌剧《兄妹开荒》。它从延安唱到北京，从抗日战争时期唱到社会主义建设时期，经久不衰。

■ 秧歌剧《兄妹开荒》

■ 美术作品《兄妹开荒》

　　这部作品的原型是米脂移民马丕恩和马杏儿父女俩，为了发展生产、支援革命战争，承包边区政府159亩山地。不满15岁的马杏儿，跟随父亲每天辛勤劳动，从没喊过苦叫过累。1942年大灾之年仍然收获了14300多斤的粮食，上交公粮7300多斤，轰动了整个边区。边区政府主席林伯渠、副主席李鼎铭得知此事，亲往延安三十里铺看望并鼓励马氏父女。1943年2月，又专门召开颁奖大会，嘉奖马丕恩为边区劳动英雄、马杏儿为边区妇女劳动英雄，并号召全边区的妇女学习马杏儿。《解放日报》连篇刊登了他们的事迹。一时间，父女俩成了边区老少皆知的名人。

　　鲁艺教员王大化等人，听了马氏父女的事迹，深受感动，遵照毛泽东的"文艺为工农兵服务"的方针，深入农场，经过多次调查研究，决定把马杏儿父女的模范事迹编成群众喜闻乐见的秧歌剧。为了突出喜剧特点，把父女开荒改为"兄妹开荒"。故事发生在陕北民间，所以在剧目中多采用陕北方言，其中有一段道白是这样说的："额（我）小子，本姓王，家住延安南区第二乡，兄妹二人都长大，父亲母亲也健康，自从三三年革命后，额（我）们的日子是一年更比一年强，吃的穿的都不愁，一家四口喜洋洋那个喜洋洋。"

浓郁的乡土气息和农民特有的诙谐，使这出剧情十分简单的小戏生动活泼富有情趣，生动地反映了大生产运动中"你追我赶、实干苦干拼命干"的火热场面，催人奋进，鼓舞士气，引起了大家的共鸣。首场演出就轰动了整个延安城。边区的男女老幼就追着王大化的秧歌队，演几场就看几场，有的干脆带上干粮跟着看，直到他们演出结束进校门，这些忠实的"粉丝"，才恋恋不舍地离开。

《兄妹开荒》不仅风行于各解放区，而且随着抗日战争、解放战争的进程演遍大江南北，马氏父女也随着《兄妹开荒》名扬全国。《兄妹开荒》之所以受到群众的欢迎，正是因为源于人民，歌颂人民，这才是艺术真正的生命！

铜墙铁壁铸辉煌

南洋洋　延安西北局革命旧址

▲

毛泽东说过："人民群众，是保卫边区的铜墙铁壁。"

在位于陕西延安市宝塔区的西北局纪念馆里展示着这样一组名为《铜墙铁壁》的浮雕。

雕刻的人群中有参军参战的、坚壁清野的，也有抬担架的、赶牲口的、运粮草的、站岗放哨的、救护伤员的……他们就是为中国革命作出了巨大贡献、被毛泽东誉为"真正的铜墙铁壁"的陕北人民。

1947 年 3 月，胡宗南率部大举进攻延安，面对多达 25 万的敌军，毛泽东力排众议，坚持要把党中央留在陕北，在山沟里与敌人周旋："中央率数百人在陕北不动，这里地势、人民均好，甚为安全。"毛泽东做此决定的主要原因当然是战略部署的需要，但他对陕北人民的感情与信任，也不得不说是他作出这一决定的重要因素。撤离延安之前，毛泽东满怀深情地说："长征后我们党像小孩生了一场大病一样，是陕北的小米、延河的水滋养我们恢复了元气，现在是陕甘宁边区人民最需要我们的时候，怎么能离开他们?"

历史证明了毛泽东决定的正确性：在忠诚的陕北人民的支持下，西北野战军在撤离延安 45 天后，就相继取得了青化砭、羊马河、蟠龙这三场

■ 《铜墙铁壁》浮雕

战役的胜利，歼灭敌人两万多人。

　　时间很快来到了 1947 年 8 月，此时毛泽东、周恩来、任弼时率领的中共中央机关与彭德怀率领的西北野战军主力，都被胡宗南挤在榆林、佳县、米脂三县交界的狭小地带内，并背靠沙漠，东临黄河，处于侧水侧敌的险境中。在军情万分紧急的情况下，党中央指示西北野战军迅速集中兵力歼灭敌军之一部，粉碎敌人的合围企图，扭转整个陕北战局。彭德怀决心在沙家店地区歼灭胡宗南部整编第三十六师。

　　但当时有一个最大的困难就是几万大军的吃粮问题，因为中共中央率领西北野战军和胡宗南的 20 多万大军在陕北已经周旋了近半年时间，陕北人民的绝大多数粮食已经支援了前线，还有不少被胡宗南匪兵抢走。这个时候的陕北，人民缺粮，解放军缺粮，胡宗南匪军更缺粮，粮食成了取得沙家店战役胜利的关键所在。

为了保证我军参战的军粮供给，组织发动群众把坚壁清野藏在山洞里、埋在地下的粮食都贡献出来。英雄的陕北人民积极响应政府的号召，他们不仅挖出了坚壁的粮食，甚至掰下地里的青苞谷棒子，割下刚刚成熟的谷穗，用热炕烘干后，送到子弟兵的手中，佳县百姓更是将多数的牲畜都杀了，送给部队做军粮。以至在战后的很长时间里，佳县都看不到毛驴，看不到山羊。在"最后的一斗米，送去做军粮；最后的一尺布，送去做军装；最后的老棉被，铺在担架上；最后的亲骨肉，含泪送战场"的民歌声中，短短几天时间，陕北人民克服重重困难，从四面八方把数十万石粮食集中到沙家店粮站，在送粮路上，运粮队和胡匪发生了多次遭遇，为了保护粮食，又有很多英雄的陕北人民英勇地牺牲了。陕北人民把用自己的鲜血和生命换来的粮食，一斗一斗送到前线，为沙家店战役的最后胜利

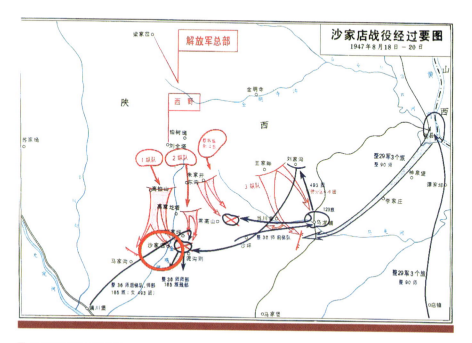

沙家店战役经过要图

■ 群众的支援

提供了有力保障。

　　数十万石粮食对当时的陕北人民来说无疑是一个天文数字，这其中包含了多少陕北人民的爱与泪，是我们后人无法探知的：送粮的队伍里，有一位悲痛欲绝的大嫂，她的丈夫金有发参加了随军的担架队，金有发的父亲是陕北的老红军，东征时战死在黄河边，弟弟也参军了，榆林战役时牺牲在城墙下。临上前线时他嘱咐妻子："一定要听政府的话，不能给咱家丢脸。"沙家店战役打响前，金大嫂把自家藏在山里舍不得吃的十几斤谷子挖出来，连夜碾米。米碾好后，却发现背上的孩子已经饿死了。大嫂一把鼻涕一把泪地掩埋了冰冷的孩子，然后流着泪，背着小米送到部队。彭德怀得知后泪如泉涌："没有老百姓，哪有中国革命！""人民恩重如山啊！"

　　看看这组数据：在兵荒马乱、天灾频繁、粮食极度匮乏、人均口粮不足 90 公斤的情况下，英雄的陕甘宁边区人民从 1947 年 3 月到 1948 年 2 月筹送军粮 333 万公斤，参加抬担架民工达到 19.8 万人，缝制军鞋 92.9 万双，支援前线的牲口有 147 万余头。曾担任过陕甘宁边区后勤司令部司令员的刘景范总结支前工作时说："陕北的每一头毛驴对中国革命都是有贡献的。"除此之外，从 1946 年 11 月到 1948 年 4 月，全边区有 1.9 万多名青壮年参加主力部队和地方兵团，有 1 万多名青壮年参加了地方游击队。

　　这一组组的数字让我们看到了边区人民大山一样坚强的臂膀，看到了边区人民对革命的满腔赤诚，看到了边区人民对中国共产党的无限忠心和伟大贡献。

　　回望风雨历程，我党我军从成立之日起，之所以挽狂澜于既倒，历苦难而辉煌，靠的就是两个字：人民！正如毛泽东所说：人民群众才是真正的铜墙铁壁！

　　今天，我们重温这些震撼人心的历史片段，就是要让更多人铭记，什么叫血脉相连？什么是力量源泉？当一个个平民的壮举定格成精神典范，当一个个拥军爱党的音符合奏为时代强音，人民群众对中国共产党、对人民子弟兵的爱，就会化作一种气吞山河的力量，中国共产党就拥有了无比坚实的铜墙铁壁！

一渠碧水润旱田

徐君　临澧县博物馆

▲

　　20 世纪 60 年代，临澧人民勇战旱魔，举全县之力，动用民工 60 万人次、10 年连续鏖战，建成了综合性水电及灌溉工程——青山水利水电工程，这一工程被誉为"亚洲第一泵""江南红旗渠"。

　　临澧位于湖南省常德市，是典型丘陵地区，集雨面积小，大部分农田在丘陵之上，以至于形成了"山下河水白白流，山上用水贵如油"的局面。为了解决干旱缺水难题，改变"赤地千里，连年歉收"的现状，1966 年 9 月，临澧人民在县委、县政府的领导下，打响了"拦截澧水，提澧灌临"的攻

■ 临澧县青山水电灌区全貌

■ 修建青山水利水电工程场景

坚战。

十年青山，是一部弘扬主旋律、传递正能量的英雄史诗。没有粮食自己带，没有资金自己筹，没有物资自己凑，没有工具自己造。临澧人用一副肩膀、两只铁手，先后投工 7300 万个，自筹资金 2.88 亿元，自筹粮食 1.5 亿斤；劈开 500 多座山头，开凿 4 大干渠、58 条支渠、789 条斗渠，串联总长 3463 米的渡槽、2620 米的隧洞、64 座结瓜水库及 16000 多处塘坝。把澧水引致上百米的高山，沿渠行走 2000 多公里，滋润着临澧及周

■ "铁姑娘战斗队"

边55.5万亩农田。这几组枯燥的数字，在当今来说不算什么，但在那个工日只有几分钱、年人均粮食只有三四百斤的年代，足以令人震撼和感动！

十年青山，是一场展现临澧人民智慧与力量的永恒华章。青山工程，处处都见证着劳动者的坚忍与伟大。四姑娘身后是青山灌区最大的渡槽——道水渡槽。道水渡槽横跨道水，全长1200米，距地最大高度44米，相当于15层楼房高度，是当时国内最大的钢混渡槽。在没有任何机械设备的条件下，临澧人民硬是靠肩扛手提，把一担担水泥、一根根木材，沿着用树木搭建的脚手架运上44米高空。

图片中这群英姿飒爽的身影，是当年在道水渡槽工地奋战了1000个日日夜夜的杨板公社"铁姑娘战斗队"。这个英雄的团队，由19位青年女子组成，年龄最大的不足 30 岁，最小的只有 16 岁。她们和男同志一样，扛枕木、挑水泥，攀排架、上高空，每人肩负着上百斤担子，从地面爬上 40 多米高空，每天往返 40 余趟，来回七八里路。像这样的青山女将，占民工总数的约三分之一，她们和男民工一样，挖渠道、筑堤坝、运砂石、抡大锤、钻炮眼、点火放炮，就像一团团烂漫的山花，绽放在青山枢纽和灌区各个工地。

十年青山，更是一支闪烁着辉煌与悲壮的交响曲。在工程建设中，先后有 268 人受伤致残，52 人献出了自己宝贵的生命。伤亡面前，临澧人民没有退缩，他们以"为有牺牲多壮志，敢教日月换新天"的气魄，又一次次勇猛坚定地冲向前方。

当年青山工程这座大熔炉里，有 8500 多名共产党员战斗在最前列。"青山铁人"王瑞堂，就是其中的代表之一。王瑞堂是杨板营青阳连指导员，青山工程动建他就带领民工奔赴工地。建设中，哪里有需要、哪里有困难、哪里最危险，哪里就有他的身影。其间，他挑断了 20 多条扁担，穿烂了 1000 多双草鞋，先后 24 次负伤不下火线，被誉为"青山铁人"。1972 年 6 月，在一次抬绞车时抬杠断裂，眼看一名战友就要被倒下的绞车砸中，王瑞堂飞扑上前，推开战友，用肩膀死死抵住近千斤重的绞车。结果，战友得救

■ "青山铁人"王瑞堂

了，他的左腿却被绞车砸中，多处粉碎性骨折，导致终身残疾。

珠日公社蔡家大队共产党员胡丽萍，丈夫在外地工作。1971 年修建南干渠时，县委号召全民总动员，丽萍将两个幼小的孩子寄放在隔壁一位老人家里，走上离家 10 多里远的建设工地，每天早上三四点钟就起床，晚上八九点钟才回家。11 月初的一天，她照例早早出门，只见寒霜素裹，白茫茫一片。刚走出一里多路，忽听后面隐隐传来孩子的哭声，她赶紧就往回跑，只见 3 岁的孩子光着身子，趴在田埂上，浑身冻得冰凉。她紧紧把孩子搂在怀里，呆坐在田埂上一边流泪一边想：眼下正是工程紧张时刻，我是共产党员，可不能在这个时候掉链子呀！她把牙一咬，干脆跑回家里，找出一担箩筐，挑着儿女走上工地。这一走就是两个多月，直到腊月二十八，南干渠工程结束，一家三口才返回家中。

这样的事例在青山工地不胜枚举，一个 33 万人口的小县，上工地人数最多时竟有十三四万人，多少人在那不平凡的日子里，承担着超出常人难以想象的付出。

1977 年 2 月，经过 10 年零 6 个月的艰苦奋战，青山工程终于竣工，实现了水旱无忧的梦想，给子孙后代留下了"自力更生，艰苦奋斗，敢想敢干，无私奉献"的精神。

责任编辑：段海宝　夏　青

装帧设计：王欢欢

责任校对：刘　青

图书在版编目（CIP）数据

初心永恒：五好讲解员红色旅游故事汇／文化和旅游部资源开发司 编 .—

　　北京：人民出版社，2022.12

ISBN 978－7－01－024229－3

I.①初… II.①文… III.①革命故事－作品集－中国－当代 IV.① I247.81

中国版本图书馆 CIP 数据核字（2021）第 240319 号

初心永恒

CHUXIN YONGHENG

——五好讲解员红色旅游故事汇

文化和旅游部资源开发司　编

人民出版社 出版发行

（100706　北京市东城区隆福寺街 99 号）

北京中科印刷有限公司印刷　新华书店经销

2022 年 12 月第 1 版　2022 年 12 月北京第 1 次印刷

开本：710 毫米 × 1000 毫米 1/16　印张：15.25

字数：200 千字

ISBN 978－7－01－024229－3　定价：74.00 元

邮购地址 100706　北京市东城区隆福寺街 99 号

人民东方图书销售中心　电话（010）65250042　65289539

版权所有·侵权必究

凡购买本社图书，如有印制质量问题，我社负责调换。

服务电话：（010）65250042